Dave Cousins

CHARLIE MERRICK

Lieber Peinlich als gar kein Tor

© privat

Dave Cousins ist ein Multitalent. Bevor er zum Schreiben und Zeichnen kam, hat er Musik gemacht und war mit seiner Band erfolgreich auf Tour. Heute lebt er mit seiner Familie und vielen Platten und Büchern in Hertfordshire. Die Kinderbücher, die er dort in seiner Dachkammer ersinnt, wurden mehrfach ausgezeichnet und standen u. a. auf der Auswahlliste für die Carnegie Medal.

Knut Krüger, geboren 1966, arbeitete nach seinem Germanistikstudium im Buchhandel und Verlagswesen. Er ist heute freier Autor, Lektor und Übersetzer für englische und skandinavische Literatur. Knut Krüger lebt mit seiner Familie in München.

Dave Cousins

CHARLIE MERRICK

LIEBER PEINLICH ALS GAR KEIN TOR

Aus dem Englischen von

Knut Krüger

dtv

Ausführliche Informationen über
unsere Autoren und Bücher
www.dtvjunior.de

FSC
www.fsc.org
MIX
Papier aus verantwortungsvollen Quellen
FSC® C013736

Deutsche Erstausgabe
2015 dtv Verlagsgesellschaft mbH & Co. KG, München

Titel der englischen Originalausgabe:
›Charlie Merrick's Misfits in Fouls, Friends, & Football‹,
2014 erschienen bei Oxford University Press

Umschlagkonzept: Balk & Brumshagen
Umschlagbild: Dave Cousins
Lektorat: Martina Kuscheck
Gesetzt aus der Lemonade ICG
Druck und Bindung: Kösel, Krugzell
Gedruckt auf säurefreiem, chlorfrei gebleichtem Papier
Printed in Germany · ISBN 978-3-423-71639-0

Für Mum und Dad.

In Erinnerung an
Michael P. Cousins,
mit dem alles anfing.

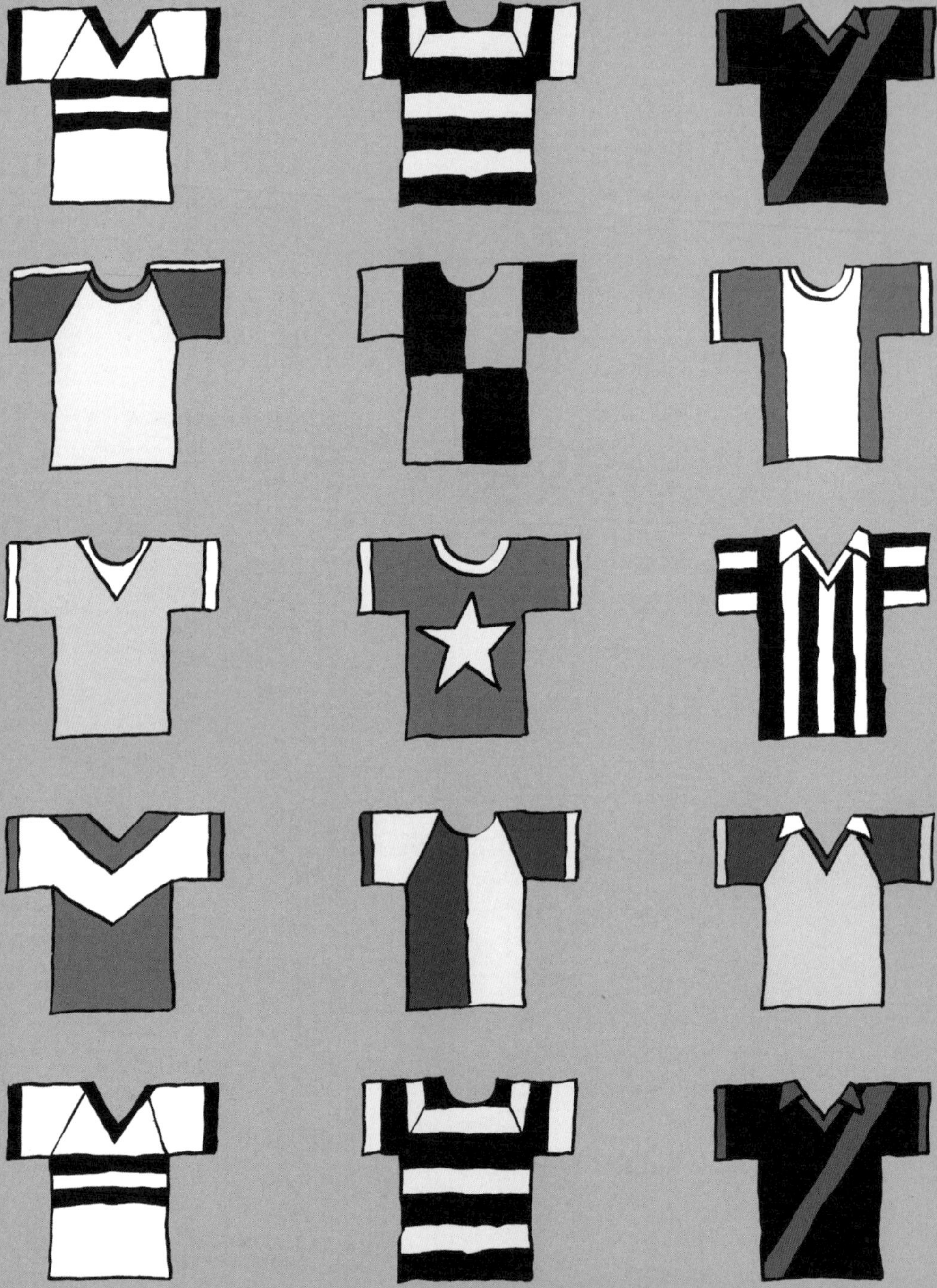

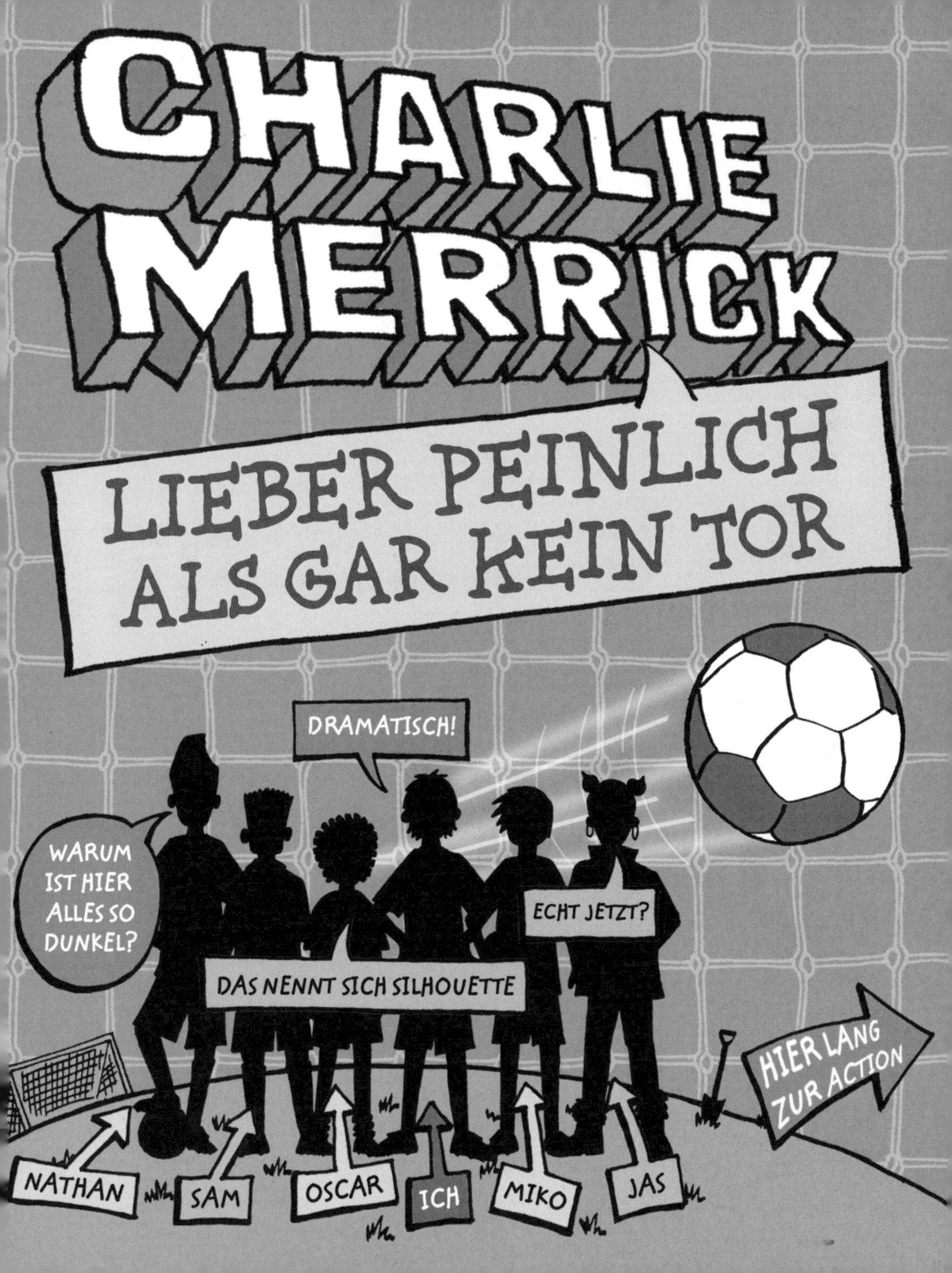
CHARLIE MERRICK
LIEBER PEINLICH ALS GAR KEIN TOR
DRAMATISCH!
WARUM IST HIER ALLES SO DUNKEL?
ECHT JETZT?
DAS NENNT SICH SILHOUETTE
HIER LANG ZUR ACTION
NATHAN
SAM
OSCAR
ICH
MIKO
JAS

Weltmeisterschaftsqualifikation:

NORTH ★ GALAXY

U 12

Fußball – ist alles, woran ich denke. Ich träume davon, wenn ich schlafe. In der Schule kriege ich oft Ärger, weil ich ständig Trikots und taktische Aufstellungen kritzele. Meine Kunstlehrerin meint, ich hätte ECHT TALENT, sollte mich allerdings mal einem anderen Thema zuwenden. Also habe ich nicht nur die Heim-, sondern auch die Auswärtstrikots gemalt. Sie war nicht sehr beeindruckt.

Ich wünschte, Fußball wäre mein Riesentalent. Ich erkenne immer die freien Räume auf dem Feld. Doch sobald ich den Ball kriege, hab ich ein PROBLEM. Dann müssen meine FÜSSE

übernehmen. Und leider sind die NICHT HALB SO GUT IN FUSSBALL wie mein GEHIRN.

Das ist meine erste Saison als Teamkapitän der U12 von NORTH STAR GALAXY. Unsere besten Kicker sind alle zu anderen Klubs gewechselt, sodass jetzt die Ersatzspieler von früher ranmüssen. Mein bester Kumpel Sam nennt uns CHARLIE MERRICKS PANNENKICKER – womit er total recht hat!

Ich werde euch alles genau berichten – die WAHRHEIT –, wie schmerzhaft sie auch sein mag. Ich weiß nicht, wie die Sache ausgeht. Doch wenn ich fertig mit dem Schreiben bin und ihr mit dem Lesen, dann werden wir's beide wissen!

Charlie Merrick

(Teamkapitän)

EINES TAGES HAB ICH DAS ENTDECKT
Bearbeiten Darstellung Verlauf Lesezeichen Fenster
FABS FUSSE
WO DIE FUSSBALLSTARS VON MORG
HOME • TRAINING • VORAUS
Hi, ich bin FABRICE ROUX. Fußball ist mein Leben. Als ich wegen einer Verletzung meine Karriere beenden musste, habe ich FABS FUSSBALL-AKADEMIE gegründet. Ich will jungen Spielern helfen, besser zu werden und ein gesundes Leben zu führen.
FR
FABS GROS
WELTMEISTE
CHALLENGE!
NUTZE
DEINE
CHAN
MEIN HELD!

LL-AKADEMIE
BOREN WERDEN
LOGIN / REGISTRIEREN
UNGEN • FÄHIGKEITEN • TAKTIK • SHOP
SPIELST DU Jugendfußball?
Willst du mit DEINEM TEAM an einem WM-VORBEREITUNGSTURNIER teilnehmen?
Erzähl uns, WARUM dein Team es verdient, zur WM zu fahren.
TEILNAHMEBEDINGUNGEN:
Hat dein Team irgendwelche Rekorde aufgestellt? Seid ihr Überraschungsmeister oder Serienabsteiger?
ERZÄHL UNS DEINE FUSSBALLSTORYS.
Schick uns ein Video über die Geschichte deines Klubs und seine größten Momente!
Sei KREATIV. Fußball ist LEIDENSCHAFT, HERZ & MAGIE!
Zeig uns, warum auch wir DEIN TEAM LIEBEN MÜSSEN!
HINWEIS: BEWERBER MÜSSEN AUS DEM GASTGEBERLAND KOMMEN.
KLICK HIER FÜR WEITERE INFORMATIONEN.
ICH LAS DAS …
UND BEGANN DAMIT:

SPIELBERICHT

NORTH ☆ GALAXY	CEDAR STREET WASPS

ENDERGEBNIS

0	11

HALBZEITSTAND

0	7

POS	TABELLE	PKT
9	LEIGH ROAD COSMOS	3
10	HOLCOMBE WAND	1
11	TORBAY TERRIERS	1
12	NORTH ☆ GALAXY	0

SPIELBERICHT

TOTALE PLEITE !!!

	NORTH ★ TEAM
T	SAM
V	MOLE
V	MIKO
V	CHARLIE (Kapitän)
M	DONUT
M	NATHAN
M	KASH
A	OSCAR
A	LUKAS
R	GERBIL

North Star Galaxy
gegen
Cedar Street Wasps

Es gibt Niederlagen und NIEDERLAGEN!

PLEITEN! FIASKOS! KATASTROPHEN!

Fünf Klatschen in Folge. Eigentlich müssten wir langsam daran gewöhnt sein ...

»Elf – null!«, stöhnte Donut. »ELF!«

»NULL!«, ergänzte Gerbil für alle, die's vergessen hatten.

»Beim Fußball geht's nicht nur ums Gewinnen«, sagte Doug, unser Trainer.

Sam: »Ich dachte, das wäre das Ziel.«

»Ja, schon.« Doug kratzte sich seinen Bart. »Aber die Schönheit des Spiels an sich ...«

Wenn Doug unser Gemurkse schön fand, musste er einen an der Waffel haben.

»0:11 ist echt nicht schön«, brummte ich.

»Kannst ja mal selbst ins Tor gehen«, schlug Sam schlecht gelaunt vor. »Ich hab irgendwann aufgehört mitzuzählen.«

Jasmin lachte. »Hast ja schließlich auch nur zehn Finger.«

Jasmin darf so was sagen, weil sie als unser Fan Nr. 1 jede Woche an der Seitenlinie steht und unseren Niederlagen beiwohnt.

»Also hört zu, Jungs!«, sagte Doug.

Sam rollte die Augen. »Achtung, Teamansprache!«

»Moment, ich hol nur eben mein Handy«, sagte ich und kramte in meiner Tasche.

Doug runzelte die Stirn. »MUSST du das aufnehmen, Charlie?«

»Ist für die Teilnahme an diesem Wettbewerb. Ich muss das alles aufschreiben, und zu Hause weiß ich nicht mehr, was du gesagt hast.«

»Du willst das doch nicht im Ernst abschicken?«, fragte Donut. »Die lassen uns wohl kaum an der WM teilnehmen, wenn wir jedes Wochenende eine Packung kriegen.«

Gerbil: »Letztes Wochenende waren's nur neun Gegentore.«

»Egal«, sagte ich. »Die Fußballgeschichte hat oft genug bewiesen, dass David gegen Goliath gewinnen kann. Irgendwann sind wir dran.«

Kaum zu glauben, aber wahr!

1996

STIEG DER DORFKLUB CASTEL DI SANGRO IN DIE ZWEITHÖCHSTE ITALIENISCHE SPIELKLASSE AUF, NACHDEM ER NUR WENIGE JAHRE ZUVOR NOCH IN DER KREISLIGA GEKICKT HATTE. PLÖTZLICH SPIELTE MAN GEGEN BERÜHMTE TEAMS.

DIE ZEITUNGEN SCHRIEBEN VON EINEM WUNDER!

SPIELBERICHT

FIVE ACRE	NORTH ☆ GALAXY

ENDERGEBNIS

FIVE ACRE	NORTH ☆ GALAXY
7	2

HALBZEITSTAND

FIVE ACRE	NORTH ☆ GALAXY
5	0

POS	TABELLE	PKT
9	LEIGH ROAD COSMOS	3
10	HOLCOMBE WAND	2
11	TORBAY TERRIERS	2
12	NORTH ☆ GALAXY	0

NORTH ☆ TEAM		
T	SAM	
V	MOLE	
V	MIKO	
V	CHARLIE (Kapitän)	
M	DONUT	
M	NATHAN	
M	KASH	
A	OSCAR	
A	LUKAS	
R	GERBIL	

SPIELBERICHT

Die nächste Pleite!!!
Sam tut sein Bestes, aber unsere ABWEHR ist löchriger als ein Sieb. Wir BRAUCHEN EIN NEUES SPIELSYSTEM!

North Star Galaxy
gegen
Five Acre

»Ist doch echt ein Fortschritt«, sagte Jasmin, als wir durch das Schultor latschten.

»Wieso Fortschritt?« Sam nahm die Brille ab und blinzelte sie an.

»Na, letzte Woche habt ihr elf Stück bekommen, gestern nur sieben. Das ist ... halb so schlecht oder doppelt so gut!«

»Seit wann ist sieben die Hälfte von elf?«, fragte Sam und nahm seine Finger zur Hilfe.

»Okay, durch Oscars zwei Treffer habt ihr nur mit fünf Toren Unterschied verloren – ist sogar weniger als die Hälfte von elf.«

»Verloren ist verloren«,

stellte ich fest. »Hätte Doug auf mich gehört und Donut als Libero aufgestellt, wären wir hinten nicht so offen gewesen.«

»Stimmt, ihr wart nicht ganz dicht«, sagte Jas lachend.

»Sehr lustig!«

»Und warum wollte er absolut nicht auf dich hören?«

»Weil er meinte, dass kein Grund zur Panik besteht und wir uns nach der Klatsche von neulich doch gut halten würden.«

Wir hatten den Schulhof halb überquert, als sich ein Blondschopf mit buschigen Augenbrauen vor uns aufbaute. »Ah, da sind ja unsere North-Star-Rumpelfußballer«, sagte er grinsend.

»Was willst du, Travis?«

»Hab mich nur gefragt, wie viele Treffer sie euch gestern eingeschenkt haben. Dreizehn? Zwanzig?«

»Sieben«, antwortete ich kühl. »Und zwei haben wir erzielt.«

»Wow, da zittert ja langsam die ganze Liga vor euch.« Er lachte. »Hab Oscar gerade erzählt, dass die Colts noch ungeschlagen sind. Sechs Spiele, sechs Siege. Er sollte lieber zu uns kommen. Bei euch verschwendet er nur seine Zeit.«

»Lass Oscar in Ruhe oder du fängst eine!«, knurrte Sam.

Sam ist die Ruhe selbst … wenn er sich nicht aufregt. Nicht dass er grün anlaufen und aus seinen Kleidern platzen würde, aber ein bisschen so ist es schon. Leider ist er nur halb so groß wie alle, mit denen er sich anlegt.

Als wir Sam wegzogen, musste ich daran denken, dass er vielleicht wirklich die Schnauze voll davon hatte, immer auf dieselbe zu kriegen. Und weitere Spielerabgänge würden wir nicht verkraften.

Doch dann geschah etwas, das alles veränderte ...

★

Ich war auf dem Weg in die Cafeteria, als Sam mit knallrotem Kopf angerannt kam.

»Ich muss ihn finden ... bevor Travis ...«

»Wen finden?«

»Jack!«

»Wer ist Jack?«

»Der Neue!«, rief Sam und zog mich mit sich.

Ich schüttelte ihn ab. »Interessiert mich nicht, ich wollte mir gerade einen Schoko-Muffin ...«

Sam packte mich an den Schultern. »Jack war beim Sichtungsturnier für die erste Liga ... der hat schon fast 'nen PROFIVERTRAG in der Tasche.«

»WAS??? Hast du ihm von North Star erzählt?«

Sam schlug sich an die Stirn. »Ich wusste doch, dass ich irgendwas vergessen hab!« Er grinste. »Klar hab ich das! Leider kam Travis dazwischen und hat ihn gleich vollgesülzt, was für Nieten wir sind. Wir müssen Jack finden, ehe er bei den Goldbridge Colts anheuert.«

»Stimmt«, sagte ich und schaute mich um. »Wie sieht er aus?«

»Der ist echt groß.«

Ich starrte ihn an. »Ist das alles? Hier rennen tausendfünfhundert Schüler rum ...«

Sam zuckte die Schultern. »Ich meine, ECHT RICHTIG groß!«

Jack zu finden, war ein Kinderspiel. Travis und seine Kumpel umschwirrten ihn bereits wie lästige Fliegen.

Travis sah uns kommen. Er versuchte erfolglos, dem viel größeren Jack seinen Arm um die Schultern zu legen. Was jedoch nichts an dem hämischen Grinsen in seinem Gesicht änderte – ein Grinsen, das mir zeigte, dass wir zu spät kamen.

ECHT groß!
HEY! GIB UNSERE FLAGGE HER!

»Hey Charlie«, sagte er, »darf ich dir unsere Neuverpflichtung bei den Colts vorstellen?«

»Vergiss es«, sagte Sam. »Ich hab ihn zuerst gefragt.«

»Netter Versuch«, höhnte Travis. »Aber warum sollte Jack für eure Gurkentruppe spielen?«

Ich suchte fieberhaft nach einem Grund, warum sich Jack einem Team anschließen sollte, dessen größter Erfolg es war, mit nur fünf Toren Unterschied verloren zu haben. Ich hätte mein Leben lang grübeln können …

Ich wurde aus meinen Gedanken gerissen, als mir jemand auf die Schulter tippte. Ich drehte mich um. Es war ein Mädchen mit langen blonden Haaren, die mir eine Sandwichbox vor den Latz knallte.

»Hier, du Penner«, blaffte sie mich an. »Irgendwann vergisst du noch zu atmen!«

Alle schauten ihr nach, als sie wieder abzog, doch es war Jack, der fragte:

»Wer ist das?«

»Diese Megazicke«, seufzte ich, »ist meine Schwester.«

»Sympathisch«, sagte Jack.

»Die hat leider alle Fußball-Gene in eurer Familie abgekriegt«, bemerkte Travis.

Jetzt erwartet ihr bestimmt, dass ich Travis für diese völlig unbegründete Bemerkung zurechtwies, aber das konnte ich nicht.

Schließlich hatte ich

versprochen, streng bei der Wahrheit zu bleiben, wie schmerzhaft sie auch sein mag. Und auf meiner persönlichen SCHMERZSKALA rangiert diese Tatsache ziemlich weit oben.

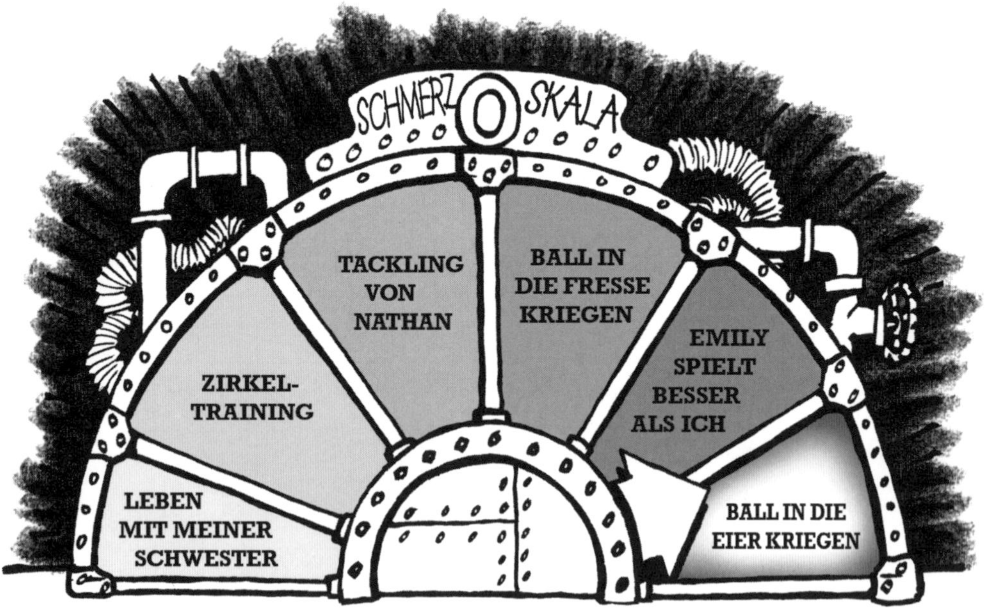

Okay, ich geb's zu: Meine Schwester Emily SPIELT SUPER FUSSBALL!

So, jetzt ist es raus. Können wir jetzt BITTE mit der Geschichte weitermachen?

»Sie spielt Fußball?«, fragte Jack.

Ich nickte. »Northwood Girls, U14.«

Er sah Emily nach, ehe er mich zur Seite zog. Travis wollte uns folgen, doch Sam versperrte ihm den Weg.

»Könntest du ein gutes Wort für mich einlegen?«

»Häh?«

»Bei deiner Schwester.«

Hatte Jack den Verstand verloren? Nur ein Wahnsinniger würde meine Schwester näher kennenlernen wollen.

Während Travis und Sam sich herumschubsten, machte Jack mir folgenden Vorschlag: »Du besorgst mir ein Date mit deiner Schwester und ich spiele für North Star.«

Ich fühlte mich so, als wäre mir in der letzten Spielminute ein Elfmeter zugesprochen worden.

»Abgemacht!«, sagte ich, bevor er es sich anders überlegte.

Jack schlug lächelnd ein. »Beim Sichtungstraining haben sie uns gesagt: ›Entscheidet euch für das Team mit dem besten Gesamtpaket!‹«

★

Sam und ich konnten nicht aufhören zu grinsen ... dann weihten wir Jasmin ein.

»Du hast was?« Sie verschränkte die Arme – das ist immer ein schlechtes Zeichen. »Du hast ihm deine Schwester angeboten?«

»Das war SEINE Idee!«

»Du hättest nicht zustimmen müssen.«

»Aber versteh doch, der Typ ist 'ne Granate. Der kann North Star retten.«

»Wovor?«

»Vor dem Untergang.«

»Wenn Emily davon erfährt, wird das DEIN Untergang sein.«

Sam lachte. »Du hättest mal Travis' Gesicht sehen sollen.«

»Ich bin eher an Emilys Gesicht interessiert, wenn ihr es ihr erzählt. Ihr glaubt doch nicht im Ernst, dass sie da mitmacht.«

»Wieso nicht? Ist ja für einen guten Zweck«, sagte ich.

»Vergiss es!«

Das Lächeln wich aus Sams Gesicht wie bei einem der zahlreichen Gegentreffer am letzten Sonntag. »Aber wir brauchen ihn«, betonte er. »Charlie lässt sich schon was einfallen.«

Jasmin grinste. »Hört sich ja wahnsinnig vielversprechend an.«

Ich wusste, dass ich mehr als ein bisschen Glück brauchte. Ein Wunder musste geschehen.

North Star Galaxy
gegen
Parkview Pirates

Emily lag auf dem Sofa und wartete auf den Beginn des WM-Qualifikationsspiels Deutschland gegen Irland.

»Mum hat erzählt, dass du am Sonntag ein super Kopfballtor gemacht hast!«

Emily schaute mich an. »Was willst du, Charlie?«

»Nichts.« Ich schluckte. Kam mir vor, als würde ich mich auf einen Freistoß vorbereiten. In meinem Kopf hörte ich den Fernsehkommentator:

Fabrice Roux sagt immer, dass wir nicht zu lange nachdenken sollen. Es kommt darauf an, sich eine Ecke auszusuchen und den Ball sauber zu treffen.

Ich holte tief Luft. »Dieser Typ in der Schule, er will ein Date mit dir.«

Kurze Pause, dann fragte Emily lachend: »Und? Ist er cool?«

»Cool?« Ich war total baff. «Klar ist er cool. Ich meine, ich steh nicht auf ihn. Ist ja schließlich ein Junge. Aber wenn ich auf Jungs stehen würde ... was ich nicht tue ... dann würde ich bestimmt auf ihn stehen.«

Emily setzte sich auf. »Wiederhol das noch mal, dann nehme ich's auf.«

»Also, was ist?«

»Verarschen kann ich mich selber!«

»Ich verarsch dich nicht!«

»Warum sollte ich jemanden daten wollen, der nicht mal den Mut hat, mich selbst zu fragen? Ist doch ein schwaches Bild, meinen kleinen Bruder vorzuschicken.«

»Ich hab versprochen, ein gutes Wort einzulegen.«

»Da machst du aber echt 'nen miesen Job.«

»Aber er ist ECHT cool!« Meine Ohren glühten, als Emily zu ihrem Handy griff. »Der war sogar bei einem Sichtungsturnier für die erste Liga.«

»Echt?« In Emilys Augen flackerte ein klitzekleines Interesse auf.

»Wie alt isser denn?«

»Äh ... ungefähr mein Alter.«

»Dein Alter?« Sie schnaubte verächtlich. »Du glaubst doch wohl nicht, dass ich jemanden date, der zwei Jahre jünger ist als ich.«

»Er ist sehr groß ...«

»Vergiss es, Charlie. Wenn du ihn so cool findest, kannst du ja mit ihm ausgehen!« Emily lachte.

Donnerstagabend, Training

»Wie hast du das geschafft?« Sam zog seine Torwarthandschuhe an und schaute zu Jack und Doug rüber, die miteinander redeten.

»Ich hab ihm meine Handynummer gegeben und gesagt, es wäre Emilys.«

Sam machte große Augen. »Und wenn er anruft?«

»Keine Ahnung, ist mir einfach so eingefallen. Sobald Jack Mitglied unseres Teams ist, sag ich, dass Emily es sich anders überlegt hat.«

Sam zog grinsend seine Handschuhe mit den Klettverschlüssen fest. »Ich weiß schon, warum Doug dich zum Kapitän gemacht hat! Wer zuletzt auf dem Platz ist, räumt die Minen weg!«

Weil der Northwood Park das einzige Fleckchen Grün

weit und breit ist, gehen dort alle mit ihren Hunden spazieren. Vor jedem Training und jedem Spiel müssen wir also die Souvenirs der Vierbeiner wegräumen.

★

Am Ende der Einheit machten wir ein Trainingsspiel.

Gleich nach dem Anpfiff spurtete Nathan an Kash vorbei und bediente Oscar mit einem hohen Pass. Von Donut bedrängt, leitete der den Ball zu Jack weiter, der frei vor dem Tor stand und nur noch Gerbil überwinden musste. Eigentlich ein Kinderspiel ...

Zwei Minuten später ließ Oscar mich einfach stehen und spielte erneut einen perfekten Pass auf Jack. Der legte den Ball an Gerbil vorbei und wollte ihn ins leere Tor schieben. Aber dann stolperte er entweder über ein Loch im Rasen oder über seine eigenen Füße. Jedenfalls lag er plötzlich flach auf dem Bauch und der Ball trudelte ins Aus.

»Bist wohl nicht der Einzige, der jemanden angelogen

hat«, stellte Sam fest. »Um Emily brauchst du dir keine Sorgen mehr zu machen.«

»Aber alles, was er gesagt hat, klang so überzeugend«, gab ich zurück.

Nach zehn Minuten pfiff Doug das Spiel ab und rief uns zu sich.

»Hast dir gute Chancen erarbeitet, Jack. Hättest locker einen Hattrick erzielen können.«

»Den Hattrick hätte meine Oma gemacht«, murmelte Nathan.

»Bei welchem Sichtungstraining warst du noch mal?«, fragte Doug.

»United.«

Doug kratzte sich am Kinn. »Als Stürmer?«

»Nein, als Torwart.«

Alle starrten ihn sprachlos an.

»WAS???«

Jack ließ seine Wasserflasche ins Gras fallen. »Als Torwart für die U12.«

»Aber du hast doch gesagt, dass du in den Sturm gehen willst!«

»Wollte ich halt mal ausprobieren.«

Doug runzelte die Stirn. »Okay. Trainingsspiele sind auch dazu da, um was auszuprobieren. Dann geh in der zweiten Halbzeit einfach mal für Gerbil ins Tor.«

Es dauerte nicht lange, bis Jack im Kasten geprüft wurde. Nathan nahm Miko den Ball ab und feuerte ihn in Richtung Torwinkel.

Jack schien wie festgefroren zu sein. Doch plötzlich fuhr er seinen langen Arm aus und saugte den Ball an sich wie ein Tintenfisch.

Eine Minute später machte er das nächste Geschoss unschädlich. Langer Abwurf auf Kash, der Mole aussteigen ließ und den Ball an Sam vorbei ins Netz wuchtete, ehe überhaupt jemand kapierte, was los war.

Als ich das nächste Mal an den Ball kam, ließ ich ihn mir absichtlich abnehmen, um zu sehen, ob Jack zu einer weiteren Glanzparade in der Lage war.

Als Doug das Spiel abpfiff, hatte Jack keinen einzigen Treffer kassiert.

★

Ich musste rennen, um Sam einzuholen.

»War das nicht unglaublich?«

»Hast du gewusst, dass er Torwart ist?«, brummte Sam.

»NEIN! Er hat gesagt, dass er in den Sturm will.«

»Oh, Mann«, stöhnte Sam, »und ich muss jetzt auf der Bank sitzen.«

»Hat Doug nicht gesagt, dass du auch Verteidiger spielen kannst?«

»Ich bin Torwart, Charlie! Du wärst auch sauer, wenn er dir deinen Platz wegnehmen würde.«

»Ist doch nur für den Moment. Bald stehst du wieder im Tor.«

»Unsinn. Du hast doch selbst gesagt, dass Jack unglaublich ist.«

Ich schaute weg. Sam tat mir leid, doch ich konnte nicht aufhören zu grinsen bei dem euphorischen Gefühl, das sich in mir ausbreitete. Als würde unser Team von den Fans nach vorne gepeitscht werden. Es war ein Gefühl der Hoffnung, dass North Star doch noch eine Chance hatte.

★

Ich muss euch unbedingt erzählen, was während der Vorbereitung auf das Match am Sonntag passiert ist, doch meine Englischlehrerin Miss O'Malley sagt, dass gute Autoren so was nicht einfach mitteilen, sondern GESTALTEN. Also stellt euch einfach vor, ihr wärt auf der anderen Seite der Straße und würdet alles mitanhören ...

WAS IST LOS MIT DIR?
HAB SCHLECHT GESCHLAFEN.
SCHLECHTES GEWISSEN?
NEE, MUSSTE AN EINEN GEILEN KEEPER DENKEN.
WAS?!!!
JACK HAT EMILY GESTERN EINE SMS GESCHRIEBEN. HAB LIEBER GEANTWORTET.
HAB SO GETAN …
… ALS WÄRE ICH EMILY
HÄTTE NIE DAMIT ANFANGEN SOLLEN.
ERST NACH EINER STUNDE BIN ICH IHN LOSGEWORDEN.
BUS
DU SCHAUFELST DIR DEIN EIGENES GRAB.
VIELLEICHT IST DAS EIN LIEBES-TEST.
ICH TUE NUR, WAS FÜR DAS TEAM …
… AM BESTEN IST.

UND WAS PASSIERT, WENN SICH JACK UND EMILY IN DER SCHULE BEGEGNEN?
GENAU! WENN ER ZU IHR GEHT UND SAGT …
»HEY, BABE! DAS, WAS WIR DA GESTERN ABEND GESCHRIEBEN HABEN …«
HEY, »BABE«?!!
DU HATTEST NOCH NIE EINE FREUNDIN, SAM, ODER?
IST DOCH EGAL …
JACK WÜRDE NIEMALS »HEY, BABE« ZU EMILY SAGEN.
WEIL SIE MORGEN FÜR EINE WOCHE AUF KLASSENFAHRT GEHT!
WIE KANN MAN NUR SO VIEL GLÜCK HABEN, CHARLIE MERRICK?
ABSOLUT!
KANNST MICH RUHIG GENIAL NENNEN.
DA FALLEN MIR EHER EIN PAAR ANDERE WÖRTER EIN …
UND »GENIAL« GEHÖRT NICHT DAZU!

Okay. Miss O'Malley hat natürlich nicht gesagt, dass wir Bilder zeichnen sollen, aber das hat mehr Spaß gemacht, als einfach nur den Text zu schreiben.

Parkview ist ein ungemütlicher Ort am Stadtrand. Und wen die Pirates nicht auf dem Feld vermöbeln, den verprügeln sie hinterher!

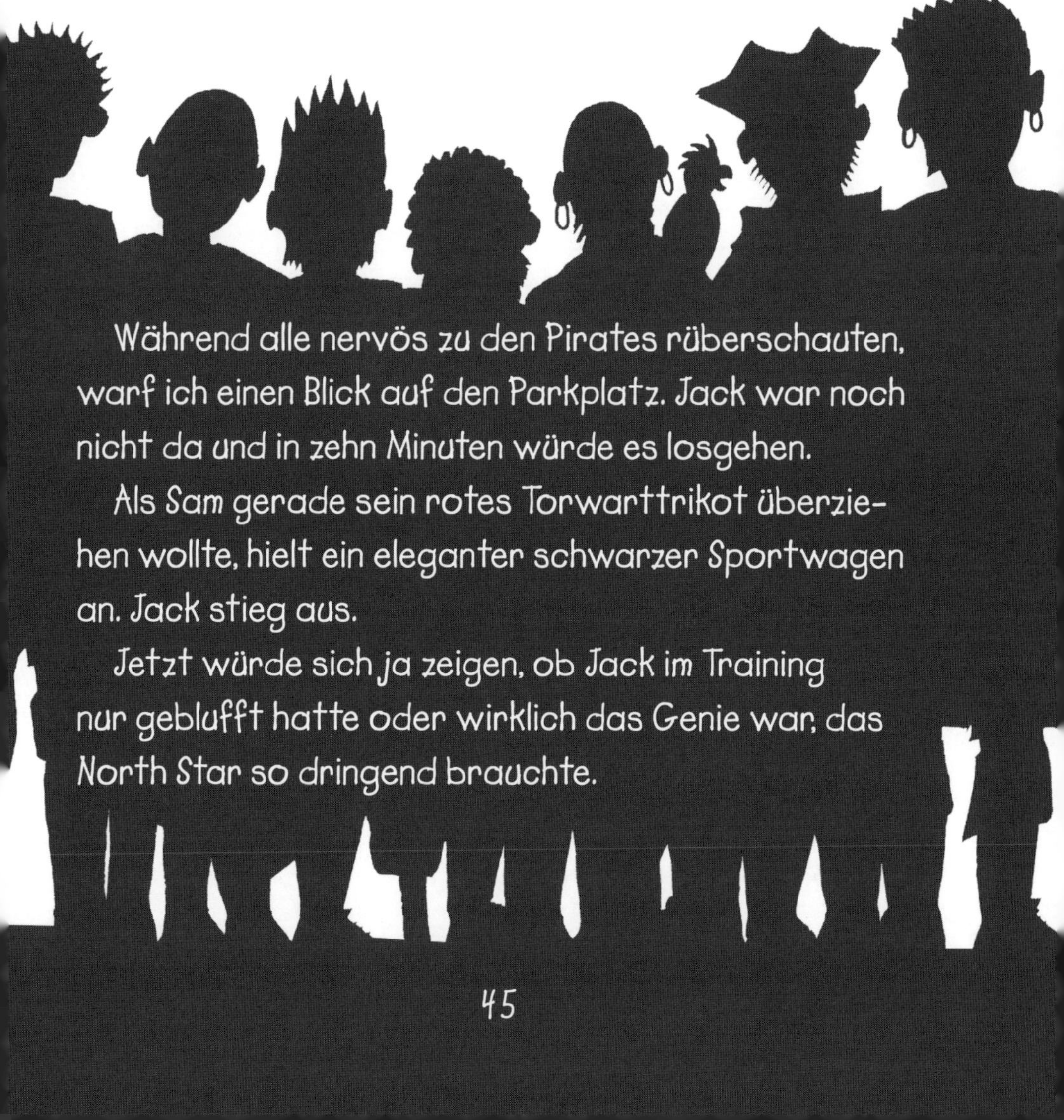

Während alle nervös zu den Pirates rüberschauten, warf ich einen Blick auf den Parkplatz. Jack war noch nicht da und in zehn Minuten würde es losgehen.

Als Sam gerade sein rotes Torwarttrikot überziehen wollte, hielt ein eleganter schwarzer Sportwagen an. Jack stieg aus.

Jetzt würde sich ja zeigen, ob Jack im Training nur geblufft hatte oder wirklich das Genie war, das North Star so dringend brauchte.

Die Pirates brauchten genau zwölf Sekunden, um das erste Mal aufs Tor zu schießen. Jack hielt den Ball locker und schlug ihn weit ab. Doch schon im nächsten Moment kehrte er am Fuß eines riesigen Piraten wieder zurück. Ich wollte ihn aufhalten, aber wie hält man einen Schnellzug auf? Im Liegen sah ich, wie der Ball über Donut hinweg bei einem gegnerischen Flügelspieler landete. Als der Ball in den Strafraum geschlagen wurde, schossen Sam und der Torjäger der Pirates darauf zu.

Ball und Spieler waren zur selben Zeit am selben Ort. Man hörte ein dumpfes Klatschen – als würde ein Hühnchen gegen eine Wand geschleudert –, dann einen schrillen Pfiff. Beide Teams ballten sich am Unglücksort zusammen.

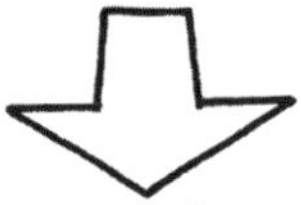

»Ey, Schiri, das war rot!«, rief Nathan.

»Pressschlag«, entgegnete der Schiedsrichter, der von schwarzen Trikots umgeben war.

»Lass uns mal sehen, ob was gebrochen ist«, sagte Doug, der neben dem kniete, was von Sam noch übrig war.

»Alles okay«, sagte Sam und stand auf.

»Sicher?«

Sam nickte und sank sofort wieder zu Boden.

Jack schlug den Ball weit in die Hälfte der Pirates, doch Oscar hätte eine Leiter gebraucht, um dort das Kopfballduell zu gewinnen. Die Nummer 8 der Pirates schnappte sich die Pille und walzte damit wie ein Panzer auf unser Tor zu. Nach der Sache mit Sam konnte man Gerbil und Donut keinen Vorwurf machen, dass sie zur Seite sprangen, um sich in Sicherheit zu bringen.

Der Typ fing gleich zu jubeln an, nachdem er geschossen hatte … aber er kannte unsere Geheimwaffe noch nicht. Jack schnappte sich den Ball mit einer Leichtigkeit, als wäre er in Zeitlupe auf ihn zugeflogen. Der Parkview-Stürmer starrte ihn entgeistert an.

Eine Minute später passierte es ein zweites Mal.

Dann ein drittes Mal.

Man konnte förmlich die Energie spüren, die in Wellen von Jacks Tor ausging und mit jeder seiner Paraden stärker wurde. Die Pirates-Stürmer schütteln ratlos die Köpfe und verunsicherten nach und nach ihre Mitspieler.

So langsam kamen ihnen Zweifel, ob sie je ein Tor

erzielen würden. Auch mit den Spielern in Blau und Gelb ging eine merkwürdige Wandlung vor sich: Wir ahnten allmählich, dass wir eventuell einen Chance hatten!

Noch eine Viertelstunde. Langer Abschlag von Jack. Der Innenverteidiger wollte klären, doch der Ball rutschte von seinem Kopf ab, Oscar ging dazwischen, umkurvte zwei Gegenspieler und wollte gerade schießen, als er unsanft von den Beinen geholt wurde.

Der Schiedsrichter zeigte auf den Elfmeterpunkt.

Ich wartete darauf, dass Oscar sich die Pille schnappte, doch plötzlich drehte er sich um und humpelte auf mich zu.

»Der Typ hat mich erwischt«, sagte er. »Du musst den Elfer schießen.«

»Was?«

Oscar grinste. »Das packst du, Charlie. Mach den Sieg klar!«

Den SIEG KLARMACHEN? Gerade eben hatte ich es noch für ausgeschlossen gehalten, dass wir gewinnen könnten. Doch jetzt war die Chance da und ICH musste sie nutzen! Ich nahm den Ball und wischte ihn an meinem T-Shirt ab.

Von Nahem sah der Parkview-Torwart so groß und mächtig wie ein Luftschiff aus. Er sprang hin und her und ruderte mit den Armen, als wollte er fliegen!

Ich hatte noch nie einen Elfmeter geschossen. Und wenn ich den Ball weit am Kasten vorbeihaute? Meine Beine fühlten sich so schwer an, als wären sie aus Beton.

Dann war plötzlich die Stimme von FABRICE ROUX in meinem Kopf ...

SUCH DIR EINE ECKE AUS.
DENK NICHT NACH …
PFIFF!
TRIFF …
DEN BALL!

Die Pirates hatten gerade erst angestoßen, als der Schiedsrichter das Spiel abpfiff.

»Sieg!«, schrie Gerbil. »Wir haben gewonnen!«

In der Menge an der Außenlinie suchte ich Sam.

»Der ist nach Hause gegangen«, sagte Jasmin. »Es ging ihm nicht so gut.«

»Hat er das Tor mitgekriegt?«

Jas schüttelte den Kopf.

»Was? Wieso ist er denn nicht bis zum Ende geblieben?«

»Vielleicht hatte er keine Lust, sich all die Lobeshymnen über Jack anzuhören«, antwortete Jasmin.

»Und wenn schon. Ich dachte, er freut sich für das Team. Darum geht's doch!«

Sie zuckte die Schultern. »Wenn du meinst.«

Erst war ich sauer auf Sam und Jas, weil sie den Moment kaputt machten, aber dann skandierten Gerbil und Oscar: »Eins-null, eins-null, eins-null …«, und ich dachte daran, dass North Star Galaxy gerade den ERSTEN SAISONSIEG errungen hatte.

TATSACHE

IM AUGUST 1977

STELLTE DER **BRASILIANISCHE TORHÜTER MAZARÓPI** EINEN WELTREKORD AUF, ALS ER 1816 MINUTEN LANG KEINEN EINZIGEN GEGENTREFFER FÜR SEINEN CLUB **VASCO DA GAMA** ZULIESS.

Okay, Jack hatte erst ein Spiel bestritten, aber irgendwann muss man ja schließlich anfangen!

Weston Road Magpies
gegen
North Star Galaxy

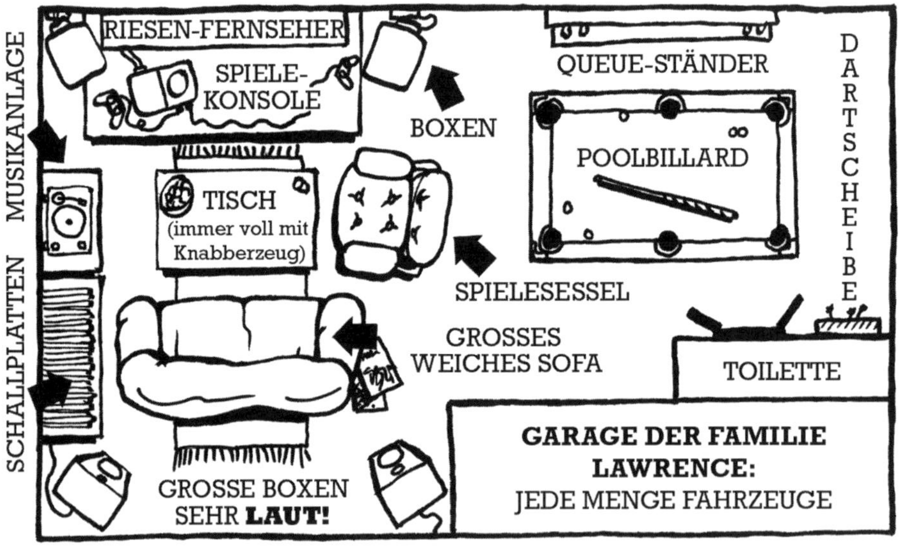

Wir saßen in Jasmins Garage und warteten auf das WM-Qualifikationsspiel USA – Jamaica.

»Das könntet bald ihr beide sein«, sagte Jas, als die Mannschaften das Feld betraten.

»Wenn das Turnier gut läuft, haben wir vielleicht eine Chance.«

Sam schaute mich an. »Da gewinnen wir ein Spiel und du denkst gleich an den Turniersieg?«

»Ich habe ja nicht von SIEG geredet ... aber warum nicht?« Fast hätte ich gesagt: Mit Jack ist alles möglich.

»Dann würde ich aber zu gern Travis' Gesicht sehen«, sagte Sam.

»Übernächste Woche geht die Vorrunde los. Meinst du, dass du bis dahin fit bist?«

»Wie fit müssen Ersatzspieler denn sein?«

»Wer sagt denn, dass du Ersatzspieler bist?«

»Warum sollte ich im Tor stehen, wenn wir jetzt unseren neuen Superkeeper haben?«

»Doug achtet darauf, dass jeder zum Einsatz kommt.«

»Aber nicht im Tor«, entgegnete Sam.

Was sollte ich darauf antworten?

»Wie geht's eigentlich deinem neuen Freund, Charlie?«, fragte Jas, um die peinliche Stille zu brechen.

»Oh, oh! Ich bin mit meinen Emily-Nachrichten wohl etwas zu weit gegangen – er hat gar nicht aufgehört zu schreiben.«

»Sie reden sich schon mit Kosenamen an«, sagte Sam. »SCHATZI und SPATZI!«

Jas und Sam prusteten vor Lachen.

»Sehr komisch«, sagte ich.

»Vor allem, wenn Jack herausfindet, dass DU sein Schatzi bist«, sagte Jas.

»Verdammt ... und Emily kommt Freitag zurück.«

»Ich hab dich ja gewarnt«, entgegnete Jas. »Jetzt brauchst du eine super Idee, um da wieder rauszukommen.«

★

Am Freitag schickte ich Jack eine SMS, dass ich – Emily – total erkältet wäre und das Bett hüten müsse, womit ich mir ein bisschen Zeit erkaufte. Auf dem Weg zu unserem Spiel am Sonntag fragte Jack, wie es Emily ginge. In allen Details beschrieb ich ihm das hustende, schniefende Monster bei uns zu Hause, doch im Grunde war das schon egal. Denn ich hatte mich entschieden, Schatzi und Spatzi gleich nach unserem Spiel ein Ende zu bereiten.

SPIELBERICHT

WESTON RD MAGPIES	NORTH ☆ GALAXY

ENDERGEBNIS

0	0

HALBZEITSTAND

0	0

POS	TABELLE	PKT
9	HOLCOMBE WAND	4
10	LEIGH ROAD COSMOS	4
11	TORBAY TERRIERS	4
12	NORTH ☆ GALAXY	4

SPIELBERICHT

Wieder hat Jack seinen Kasten sauber gehalten und North Star ☆ einen weiteren Punkt erkämpft. Dennoch weiterhin Tabellenletzter.

NORTH ★ SQUAD	
T	JACK
V	MOLE
V	MIKO
V	CHARLIE (Kapitän)
M	DONUT [1]
M	NATHAN
M	KASH
A	OSCAR
A	LUKAS [2]
R	SAM[1] & GERBIL[2]

★

»Und«, fragte Jas am Montag vor Unterrichtsbeginn, »bist du wieder Single?«

Ich nickte. »Hab Jack erzählt, dass ich, also Emily, auf der Klassenfahrt jemanden kennengelernt hätte ...«

»Wie gemein«, sagt Sam lachend. »Hat er geheult?«

»Nein, aber er wollte wissen, wer es ist. Dann ...«

»Was?«

»Egal.«

Jasmin blieb stehen. »Ich geh nicht weiter, ehe du es mir erzählst.«

Ich seufzte. »Er sagte, er will auf jeden Fall um mich kämpfen.«

Sam nahm die Brille ab, um sich die Lachtränen abzuwischen.

Jasmin schüttelte den Kopf. »So darf man nicht mit Gefühlen anderer spielen. Was willst du jetzt tun?«

»Keine Ahnung.«

»Solltest du aber«, entgegnete Sam, »da kommt er nämlich.«

Jack bat um ein Wort unter vier Augen, dann löcherte er mich wegen Emilys neuem Freund. »Den Typ mach ich fertig! Niemand spannt mir einfach so die Freundin aus!«

Musste der sich so aufspielen? Konnte er sich nicht einfach im Zimmer einschließen und traurige Musik hören, wie alle anderen, die verlassen werden?

»Ich frag sie am besten selber«, sagte Jack.

Ich sah, wie Emily den Schulhof überquerte.

»Ganz schlechte Idee!« Ich versperrte ihm den Weg. »Lass mich das machen. Wenn du sie jetzt auf dem falschen Fuß erwischst, hast du für immer verspielt.«

»Lass dir was einfallen oder unser Deal ist geplatzt.«

»Was kann ich denn dafür, dass sie einen anderen gefunden hat?«

»Mach einfach!«, sagte Jack.

Da erschien Travis auf der Bildfläche. »Na, hilfst du immer noch bei den Losern aus?« Er klopfte Jack auf die Schulter. »Die Nieten haben gar nicht mehr verloren, seit du dabei bist.«

Ich starrte ihn an. »Was willst du, Travis?«

»Wollte Jack daran erinnern, dass er auch für ein richtig cooles Team spielen könnte, nämlich die Colts.«

»Erst mal gebe ich North Star die Chance«, sagte Jack. »Stimmt's, Jack?«

Ich nickte. »Stimmt.«

Wahre Liebe stirbt nie, heißt es doch ...

BEZIRKSTURNIER ERSTE RUNDE:

Witchmore Junction B
gegen
North Star Galaxy

Kaum zu glauben, aber wahr!

DÄNEMARK
HATTE SICH NICHT FÜR DIE **EM 1992** QUALIFIZIERT, WURDE ABER NACHNOMINIERT, WEIL JUGOSLAWIEN NICHT TEILNEHMEN DURFTE. IM FINALE GEGEN DEUTSCHLAND HOLTEN SIE SENSATIONELL DEN TITEL.
MANCHMAL GEWINNT EBEN DOCH DER GRÖSSTE AUSSENSEITER!

North Star war immer noch am Tabellenende, aber das Bezirksturnier gab uns die Chance zu zeigen, dass wir kein Team von Rumpelfußballern waren.

Witchmore Junction spielte in der ersten Liga und war mit zwei Mannschaften vertreten. Wir spielten gegen das B-Team.

In den ersten zwanzig Minuten kamen wir kaum aus der eigenen Hälfte raus. Doch Jack war in Hochform und total happy, weil er später noch mit seinem Schatzi verabredet war. Was auf mich die entgegengesetzte Wirkung hatte. Ich hatte die Nummer 3 gegen mich, einen schmächtigen Typen mit schwarzen Haaren, der mich total alt aussehen ließ, wenn ich am Ball war.

Doch wenn wir zufällig mal die Mittellinie überquerten, sah es gar nicht schlecht für uns aus. Die Witchmore-Abwehr war noch mieser als unsere – alle liefen immer dorthin, wo der Ball war, und ließen die anderen Gegenspieler frei stehen.

Ich machte Oscar darauf aufmerksam. Fünf Minuten später lockte er drei Verteidiger weit nach links, bevor er den Ball zu Nathan chippte, der leichtes Spiel hatte.

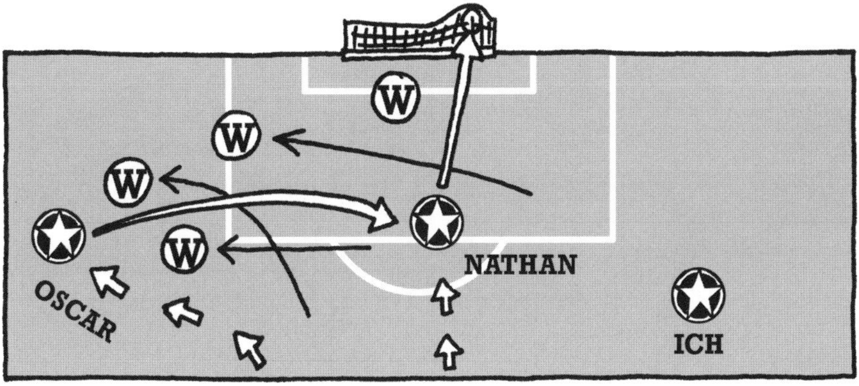

Der Trainer von Witchmore war stinksauer. Sein Team startete eine Angriffswelle nach der anderen, doch sie konnten Jack nicht bezwingen.

Zehn Minuten vor dem Ende führten sie eine Ecke kurz aus, weil unser Tintenfisch-Keeper die letzten beiden locker heruntergepflückt hatte. Dann schlugen sie den Ball flach in den Strafraum. Er prallte von Donuts Oberschenkel ab. ICH und die *NUMMER 3* versuchten als Erster am Ball zu sein.

ZUM ERSTEN MAL GEWANN ICH EIN DUELL GEGEN IHN!
ICH SAH JACK ERST, ALS ES ZU SPÄT WAR.
ALS MEIN SCHUH …
DEN BALL AN UNS VORBEI …
IN UNSER TOR SCHOSS.

»Dumm gelaufen, Charlie!« Donut zog mich hoch. »Die hätten sowieso bald ein Tor geschossen.«

»Ja, aber ICH hab's erzielt!«

»Hätte jedem passieren können«, sagte Jack. »Vergiss es einfach.«

Aber ich konnte es nicht vergessen. Wir waren so nah dran gewesen und ich hatte alles versaut.

Fünf Minuten später wechselte Doug Gerbil für mich ein.

»Kann jedem mal passieren, Junge.« Er klopfte mir tröstend auf den Rücken.

Ich nickte und setzte mich an die Seitenlinie. Wenn es beim Unentschieden blieb, würde das Elfmeterschießen entscheiden müssen, und mit Jack im Tor hatten wir beste Chancen.

Doug beorderte alle in die Verteidigung zurück, und als Oscar der Ball an der Strafraumkante vor die Füße fiel, dachte ich natürlich, er würde ihn wegschlagen. Stattdessen setzte er zu einem atemberaubenden Solo an. Erst als er bereits in der gegnerischen Hälfte war, beschlossen die Gegenspieler, ihn zu attackieren.

Aber da war es schon zu spät.

Als Oscar den Strafraum erreichte, stürzte der Keeper aus seinem Kasten, doch der Ball war bereits in der Luft und segelte über ihn hinweg ins Tor.

Witchmore konnte gerade noch den Ball anstoßen und in unsere Hälfte schlagen, als der Schlusspfiff ertönte. Wir hatten gewonnen. North Star hatte die nächste Runde erreicht!

★

»Was ist los mit dir?«, fragte Sam in der Umkleide. »Machst du dir Sorgen über dein Date nachher?«

»Nicht so laut!« Ich blickte zu Jack hinüber, der gerade seinen Trainingsanzug anzog.

»Und, trägst du nachher eine Perücke und die Klamotten deiner Schwester?« Er lachte.

»Nicht nötig. Emily wird da sein.«

»Was? Sie will sich echt mit Jack treffen?«

»Das nicht. Ich hab Emily gesagt, dass ich sie in den neuen Todd-Tempest-Film einlade. Dann habe ich Jack –

als Emily – eine SMS geschickt, dass ich nachher im Kino bin.«

Sam runzelte die Stirn. »Emily denkt, sie geht mit dir, und Jack denkt, er geht mit Emily ... aber dann treffen sie sich ja wirklich!«

»So ist das eben bei einem Date.«

»Aber was ist, wenn Jack zu ihr sagt:

Diese Horrorvision hatte ich auch schon gehabt, aber ich verdrängte sie.

»Wir werden so spät kommen, dass für so was keine Zeit ist.«

Sam schüttelte den Kopf. »Vergiss es, das klappt nie im Leben.«

Ich zuckte die Schultern. »Fabrice Roux sagt: ›Wer nicht schießt, kann auch nicht treffen.‹«

★

»Ich weiß, dass du irgendwas vorhast«, sagte Emily. »Aber auf eine Einladung ins Kino werde ich nicht verzichten. Maxi Popcorn und Eis waren abgemacht.«

Ich sah Jack sofort, als er zur Tür hereinkam.

»Hey, da ist Jack!«, sagte ich und drückte meiner Schwester 20 Dollar in die Hand. »Hol schon mal die Snacks.«

Emily wollte protestieren, doch dann sah sie den großen Schein. »Erwarte dir kein Wechselgeld!«

»Was machst du denn hier?«, fragte Jack mit Blick auf Emily.

»Mum und Dad wollten sie nicht allein gehen lassen«, antwortete ich. »Ich soll aufpassen, dass hier keine ... komischen Sachen passieren.«

»Komische Sachen?« Jack runzelte die Stirn.

Wenn er nicht im Tor stand, ließ seine Reaktionsfähigkeit doch etwas zu wünschen übrig.

Ich zog einen weiteren Schein aus der Tasche und gab ihn Jack. »Warum holst du nicht schon mal die Karten, während ich Emily helfe, die Snacks zu tragen?«

Jasmin hatte recht gehabt - die ganze Sache würde mich teuer zu stehen kommen. Ich sparte zwar schon seit Wochen auf die neue Pro-Soccer-Version für meine Playstation, aber das hier ging vor.

»Rat mal, wenn ich gerade getroffen habe«, sagte ich zu Emily in der Popcorn-Schlange. »Jack ist hier. Hab ihm gesagt, dass er neben uns sitzen kann.«

»Na gut, meinetwegen.« Sie schien nicht sehr begeistert zu sein. »Hauptsache, ihr quatscht nicht die ganze Zeit.«

»Kannst ja zwischen uns sitzen«, schlug ich vor. »Ach, und wundere dich nicht, wenn er dich SCHATZI nennt. Das macht er mit allen, ist ein Insider-Joke.«

»Wer MICH Schatzi nennt, der kann sich gleich im Krankenhaus anmelden«, erwiderte sie.

Jack wartete am Einlass.

»Was für ein Zufall«, sagte Emily mit skeptischer Stimme zu ihm.

Doch Jack schien das nicht zu bemerken, sondern starrte sie sprachlos an. Plötzlich war er ziemlich blass geworden. Die Gegenwart meiner Schwester schien dem Angeber die Sprache verschlagen zu haben.

»Wollen wir reingehen?«, fragte ich.

Direkt nachdem wir uns hingesetzt hatten, wurde es dunkel und die Werbung begann.

Ich spähte nach links, an Emily vorbei. Jack saß stocksteif da und klammerte sich an die Armlehnen, als wäre er in der Achterbahn. Ich fragte mich, ob das sein allererstes Date war, noch dazu mit einem Mädchen, das zwei Jahre älter war als er.

Dann kam ein Clip über die WM. Zu dramatischer Musik wurden fantastische Tore und spektakuläre Tacklings gezeigt. Die Geräusche waren so verstärkt, dass jede Ballberührung durch den Kinosaal dröhnte. Dann füllte der Slogan NUTZE DEN MOMENT! den ganzen Bildschirm aus. Ich war so gebannt, dass ich völlig vergaß, warum ich eigentlich hier war.

Zwanzig Minuten vor Ende des Films passierte es. Emily sprang fluchend auf, als hätte sie einen Stromschlag bekommen.

Die Leute um uns herum meckerten. »Was ist?«, fragte ich.

»Der Typ hat mich angegrapscht!«, knurrte Emily und wollte sofort Plätze tauschen.

Ich ließ mich auf den Sitz neben Jack fallen. »Was hast du gemacht?«

Statt zu antworten, lief er zum Ausgang.

Draußen holte ich ihn ein. »Was ist passiert, Jack?«

Sein Gesicht war knallrot. Mit gesenktem Kopf zuckte er die Schultern. »Als ich ihr den Arm um die Schultern gelegt habe, ist sie total ausgeflippt!«

»Ach, so ist sie eben. In einem Moment zuckersüß und im nächsten kratzt sie dir die Augen aus«, entgegnete ich lachend.

»Wenn sie schreibt, ist sie ganz anders«, seufzte Jack. »Jetzt tut sie, als würde sie mich nicht kennen! Du erzählst das doch niemandem?«

»Natürlich nicht!«

Er sah so fertig aus, dass ich Mitleid bekam.

»Ich schweige wie ein Grab. Wir sehen uns dann beim Training.«

Jack nickte, ehe er sich umdrehte und nach Hause schlich.

Shutt Lane Monarchs
gegen
North Star Galaxy

Ich hatte schon Angst, dass Jack nach der gescheiterten Liebesbeziehung zu meiner Schwester kein guter Keeper mehr sein würde. Aber das Gegenteil war der Fall. Am nächsten Samstag verhalf er unserem Team zu einem 3:1, wodurch North Star zum ersten Mal die rote Laterne abgeben konnte!

★

Das nächste Match würde nun gegen die Shutt Lane Monarchs stattfinden, die in der Tabelle zwei Plätze vor uns standen. Wenn wir sie schlugen, konnten wir sogar auf den siebten Platz vorrücken!

Die Spieler, die sich zur Abfahrt nach Shutt Lane am Parkplatz versammelten, hatten fast keine Ähnlichkeit mehr mit denen, die vor Kurzem 10:0 verloren hatten.

»Wann spielen wir noch mal gegen Goldbridge?«, fragte Oscar.

»Nächsten Monat«, antwortete ich.

»Denen hauen wir die Bude voll«, sagte Nathan.

Gerbil grinste. »Klar, und Weihnachten sind wir Tabellenführer.«

Doug teilte Fahrbeschreibungen aus. »Ihr solltet eure Fantasie im Zaum halten und euch auf das heutige Spiel konzentrieren«, mahnte er.

Jacks Dad warf einen Blick auf das Blatt Papier.

»Wenn du mir noch die Postleitzahl sagst, Doug, dann gebe ich die Adresse in mein Navi ein.«

»Nicht nötig«, entgegnete Doug. »Fahr einfach hinter mir her. Die Beschreibung ist nur für alle Fälle. Also, wer fährt mit mir?«

Das war das Signal für das übliche AUTO-ROULETTE. Bei Auswärtsspielen kommt es immer darauf an, welche Eltern zum Transport bereit sind. Normalerweise hat man die üblichen vier Alternativen – zwei gute und zwei weniger gute ...

TRANSPORT BEI AUSWÄRTSSPIELEN

Das RAUBTIER

Sterne: ★★☆☆☆

Besonderheit:
Man muss Helm und Lederjacke tragen.

Plätze:
EINER (für Nathan)

Nachteile:
Nur Nathan darf auf dem Motorrad seines Vaters mitfahren.

Das JACKMOBIL

Sterne: ★★★★★

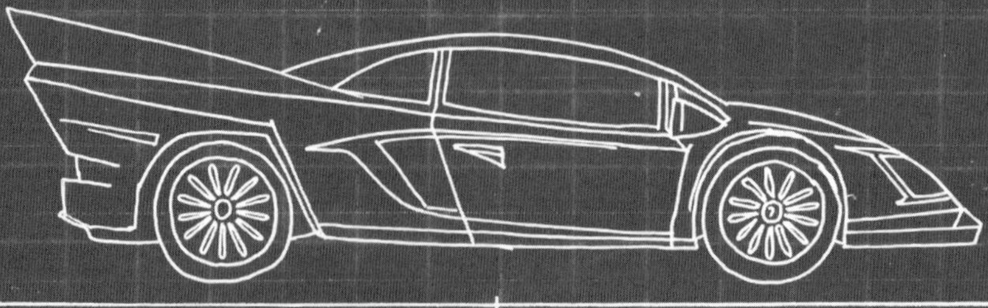

Plätze: Jack + ZWEI

Nachteile:
IM ERNST?!

Besonderheit:
Ledersitze, getönte Scheiben, DVD-Player, sieht wie das BATMOBIL aus!

Die BARBIEKARRE

Sterne: ★★★☆☆

Besonderheit:
Zweitbeste Option nach dem Jackmobil.

Nachteil:
Wer neben Gerbils kleiner Schwester sitzt, muss mit ihr Barbie spielen.

Plätze:
Gerbil + ZWEI

Der LEICHENWAGEN

Sterne: ★☆☆☆☆

Plätze: Donut + DREI

Besonderheit:
Besser als Laufen!

Nachteile:
Wir nennen ihn LEICHENWAGEN, weil:

a) er nach etwas stink, dass gestorben ist;
b) Doug nur Musik von Leuten spielt, die längst tot sind;
c) Doug trinkt und unkonzentriert ist, also riskiert man bei jeder Fahrt sein Leben.

Als sich der Konvoi schließlich in Bewegung setzte, waren Kash und Oscar die heutigen Glückspilze. Sam und ich nahmen die Barbie-Plätze ein, während Lukas, Miko und Mole Donut im Leichenwagen Gesellschaft leisten mussten.

Wir hielten an der Kreuzung vor dem Kino, an dem Jacks missglücktes Date mit meiner Schwester stattgefunden hatte. Als die Ampel auf Grün sprang, schoss das Jackmobil wie ein Schatten an uns vorbei und verschwand in der Ferne.

»Das wird Doug nicht gefallen«, sagte Gerbils Mum.

»Der hat ein Navi«, entgegnete Gerbil. »Vielleicht sogar einen Autopiloten.«

★

Als wir am Shutt Lane Sports Club ankamen, wusste ich, dass etwas faul war. Doug sprang aus dem Leichenwagen und riss die Kofferraumklappe auf. Donut und die anderen sahen nervös aus.

»Was ist los?«

»Verdammt, die Trikots sind nicht da«, sagte Donut.

»Und warum? Weil sie JEMAND zu Hause vergessen hat!« Plötzlich hielt Doug einen schwarzen Müllsack in der Hand. »Dann müsst ihr eben die hier tragen.«

»Tut mir leid«, sagte Doug, »aber andere Shirts haben wir nicht. Jedenfalls sind Nummern auf dem Rücken.

»Was soll den HÜHNERLAUFEN heißen?«, fragte Sam.

»Es sollte eigentlich HÜHNERHAUFEN heißen. Aber das haben sie erst gemerkt, als die Shirts schon gedruckt waren.«

»Ich zieh das nicht an!«, sagte Nathan.

»Ähm, ich glaube, da gibt es noch ein Problem«, sagte ich. »Hat jemand das Jackmobil gesehen?«

TATSACHE

DER ITALIENISCHE ERSTLIGAKLUB **US PALERMO** TRÄGT SEINE HEIMSPIELE SEIT 1907 IN SCHWARZEN HOSEN UND ROSA TRIKOTS AUS.

(»MÄDELS AUSSER RAND UND BAND« STEHT ALLERDINGS NICHT DRAUF!)

Der Schiedsrichter kam zu uns und zeigte auf die Uhr. »Wir können nicht länger warten, um zwölf findet hier das nächste Spiel statt.«

Doug nickte und suchte erneut den Parkplatz ab, doch vom Jackmobil war nichts zu sehen.

»Hört zu«, sagte er. »Die Monarchs sind einverstanden, acht gegen acht zu spielen. »Gerbil, du bist unser einziger Stürmer, also will ich, dass Charlie, Nathan und Lukas dich unterstützen, wenn wir den Ball haben. Sam, du bist im Tor.«

Sam strahlte übers ganze Gesicht.

Doug klatschte in die Hände und rief: »Drei Siege. Seit vier Spielen ungeschlagen. Geht einfach raus und spielt.«

Niemand sagte etwas, doch alle dachten das Gleiche. Doug blickte immer wieder hoffnungsvoll in Richtung Parkplatz. Diese Ergebnisse hatten wir alle mit Jack im Tor erzielt. Wie würde es ohne ihn aussehen?

★

Fast hätten wir gleich ein Tor erzielt. Unsere Gegenspieler lachten so sehr über unsere Trikots, dass sie sich kaum auf den Beinen halten konnten.

Leider zielte Gerbil so hoch, dass ein neuer Ball

geholt werden musste. Diese kurze Unterbrechung war unsere beste Szene in der ersten Halbzeit.

Das ganze Team spielte wieder so wie früher und brachte kaum zwei Pässe nacheinander zustande. Sams Paraden hatten wir es zu verdanken, dass wir zur Halbzeit nur mit 0:3 hinten lagen.

Von den anderen war leider nach wie vor nichts zu sehen.

Nach fünf Minuten in der zweiten Halbzeit tauchten sie endlich auf. Jacks Dad grummelte irgendwas von Navi und FALSCHER Shutt Lane. Doug nahm sofort drei Wechsel vor: Oscar für Gerbil, Kash für Nathan und Jack für Sam, der seine Handschuhe auszog und auf den Boden pfefferte.

Oft ist von zwei unterschiedlichen Hälften die Rede, aber das waren zwei unterschiedliche TEAMS! Shutt Lane wusste nicht, wie ihnen geschah. Mit Jack im Tor spielten wir alle besser. Miko spitzelte seinem Gegenspieler den Ball weg und bediente Oscar mit einem langen Pass. Unser Torjäger spazierte durch die gegnerische Abwehr und versenkte den Ball im Netz.

1:3!

Donut legte gleich einen Treffer nach. Noch einen bis zum Ausgleich.

Aber der kam nicht. Kash umdribbelte die ganze Hintermannschaft, blieb aber am Torwart hängen. Oscars Schuss wurde von der Linie gekratzt, und sogar ich schaffte es, den Pfosten zu treffen.

Der Schiedsrichter sah schon auf die Uhr, als wir eine Ecke bekamen.

Ich wollte sie schnell ausführen. Vielleicht blieben uns nur noch Sekunden.

Ich hielt nach einem großen Mitspieler Ausschau, doch ohne Nathan waren wir quasi zu einem Zwergenteam geschrumpft.

Dann hatte ich eine geniale Idee.

»Jack!«, rief ich.

»Los, Junge«, ermahnte mich der Schiedsrichter.

Ich winkte erneut, und Jack, der größte Spieler auf dem Platz, lief nach vorne. Jetzt musste mein Eckstoß nur präzise genug sein. Mein letzter Versuch war gleich vom ersten Verteidiger abgefangen worden.

Irgendwie – vielleicht war es Glück oder der Ratschlag von Fabrice Roux – traf ich den Ball perfekt. Jack brauchte den Ball nur noch mit der Stirn über die Linie zu nicken. 3:3.

»Hinten lässt er keinen rein und vorne macht er die Tore«, sagte Nathans Dad, als wir vom Platz stapften.

»Super Comeback, Jungs!«, sagte Doug. «Wie gut, dass ihr rechtzeitig gekommen seid.«

Sam saß auf der Erde und riss Grasbüschel heraus. Ich ging zu ihm und setzte mich neben ihn.

»Mannomann, in letzter Sekunde!«

Er stieß einen verächtlichen Laut aus.

»In der ersten Halbzeit warst du super«, sagte ich. »Mehr als drei Tore hätten wir nie aufgeholt.«

»Gib dir keine Mühe«, sagte Sam.

»Wie meinst du das?«

»Du versuchst nur, mich aufzuheitern.«

»Nein, du warst wirklich super!«

Ich sah, dass Sam Tränen in den Augen hatte. »Aber ich bin nicht so gut wie er, stimmt's? Solange er da ist, werde ich nur Ersatz sein.« Er stand auf. »Mir reicht's. Ich hör auf.«

»Was?«

»Ist doch egal. North Star braucht mich nicht.«

Sam stapfte zum Parkplatz. Plötzlich war ich wütend auf ihn. Warum musste er alles kaputt machen? Ich konnte ihn ja verstehen, aber er dachte immer nur an sich – nie an das Team.

Mit Jack hatten wir noch kein Spiel verloren. Wir waren Tabellenneunter! Wer wusste, was wir noch erreichen konnten ...

DANN BEGANN ES ZU SCHNEIEN ...
WO IST SAM?
ER WOLLTE NICHT KOMMEN.

HAST DU SCHON MIT IHM GEREDET?
ICH REDE IMMER MIT SAM.
DU MUSST MIT IHM ÜBER NORTH STAR REDEN.
HAB'S VERSUCHT.
ER LIESS SICH NICHT UMSTIMMEN.
HEY, DAS WIRD EIN RIESIGER SCHNEEMANN!
CHARLIE!
DU HAST JACK IN DEN STURM GEHOLT!
UND DANN SCHAFFST DU ES NICHT, DEINEN BESTEN FREUND ZURÜCKZUHOLEN?
ES SEIN DENN, DU WILLST IHN NICHT ZURÜCKHABEN.

KANN MIR MAL JEMAND HELFEN?
IST BESTIMMT EINFACHER OHNE SAM ...
...OHNE SCHLECHTES GEWISSEN.
ICH HAB KEIN SCHLECHTES GEWISSEN.
SAG NICHT, DASS ES BESSER FÜR DAS TEAM IST!
IST ES ABER.
SCHAU HER!
STARR
KNIRSCH
KRACH
WIE MACHT SIE DAS BLOSS?

BEZIRKSTURNIER ZWEITE RUNDE:

North Star Galaxy
gegen
Harperstown Albion

Donnerstagabend, Training

Der Wind fegte durch den Park, peitschte jeden Zentimeter unserer brennenden, tauben Gesichter, als wir uns im Torraum um Doug scharten.

»Ich spüre meine Zehen nicht mehr«, jammerte Gerbil. »Vielleicht sind sie schon abgefallen. Was ist, wenn sie schon einzeln in meinen Schuhen liegen? Dann kann ich nie mehr Fußball spielen.«

»Ein herber Verlust für die Fußballwelt«, witzelte Nathan.

»Okay!« Doug klatschte in die Hände. »Zur Vorbereitung auf den Samstag machen wir jetzt Schusstraining. Wer geht freiwillig ins Tor?«

Wir wetteiferten nicht gerade darum, uns freiwillig auf den gefrorenen Boden zu werfen, während die anderen Bälle aufs Tor feuerten – wie üblich wählte er Donut aus.

»Warum ist Jack nicht da?«, fragte er, während er sich die Torwarthandschuhe überstreifte.

»Weil er nicht so blöd ist wie wir«, antwortete Oscar.

»Der ist so gut, dass er nicht trainieren muss«, sagte Gerbil.

»Niemand ist zu gut fürs Training«, sagte Doug. »Wenn Jack zum Team gehören will, muss er mittrainieren wie alle anderen auch.«

»Manche Leute sollten jede Trainingsmöglichkeit nutzen.« Nathan knuffte Gerbil in die Seite.

»Ich mache ständig Fortschritte«, behauptete Gerbil. »Und ich glaube, gegen Harperstown, das wird mein Spiel. Wenn ich dann noch Zehen habe!«

★

Harperstown Albion war Tabellendritter in der ersten Liga. Und da wir immer noch in der unteren Tabellenhälfte der zweiten Liga steckten, hatte ihr Trainer beschlossen, einen Großteil seiner Stammbesetzung zu schonen.

Er hatte offenbar noch nichts von Jack oder Oscar gehört. Als er seinen Fehler bemerkte, lagen wir schon 2:0 in Front.

Albion wechselte sechs Spieler ein und erzielte sofort den Anschlusstreffer. In der nächsten halben Stunde stellten wir dann buchstäblich einen BUS INS TOR.

Der Trainer von Harperstown wurde fuchsteufelswild und beschwerte sich beim Schiedsrichter, doch es gibt keine Regel, die ein solches Abwehrverhalten verbietet.

Die Albion-Spieler versuchten abwechselnd, den Ball irgendwie an der blau-gelben Mauer vorbeizubringen.

Zehn Minuten vor dem Ende wurde es dem Keeper offenbar langweilig, also beteiligte er sich an den Schussübungen. Sein erster Versuch landete in Donuts Magengrube. Der Ball fiel Gerbil vor die Füße, der ihn weit in die gegnerische Hälfte schlug, die völlig leer war. Zum ersten Mal machte es sich bezahlt, dass er weiter schießen konnte als jeder andere. Drei Albion-Spieler sowie ihr rotgesichtiger Keeper hetzten dem Ball hinterher, doch sie hatten keine Chance. Der Ball prallte zweimal auf

... hoppelte weiter

... rollte noch ein Stück

... und kullerte schließlich

über die Torlinie. Der Trainer von Albion vergrub das Gesicht in den Händen. 3:1.

In den letzten Minuten verkürzte Albion auf 3:2. Für einen Moment fürchtete ich um den Sieg, aber unser BUS und Jack waren unüberwindbar.

Als der Schlusspfiff ertönte, sank Gerbil ins Gras und streckte die Arme aus. »Charlie«, sagte er ungläubig zu mir. »Wir sind im Viertelfinale. Und ich hab das Siegtor geschossen!«

»Schwein gehabt«, entgegnete Nathan und zog ihn auf die Beine. »Hätte jedem passieren können.«

»Quatsch! Hab doch vorher gesagt, dass ich treffe.«

»Stimmt, Kumpel.« Nathan hievte Gerbil grinsend auf seine Schultern und rannte mit ihm um den Platz herum, und Gerbil schrie, dass er Höhenangst habe und runterwolle.

Donnerstagabend, Training

Ich machte mir Sorgen. Seit unserem Kinobesuch ging mir Jack aus dem Weg. In der Schulmensa saß er seit Neustem mit den Colts zusammen. Und jetzt war er schon zwei Wochen nicht beim Training gewesen. Auch Doug war nicht glücklich. Ohne Jack oder Sam mussten Donut und Gerbil bei den Trainingsspielen ins Tor gehen. Bei jedem richtigen Match wären wir verloren.

TATSACHE

NICHT JEDER FELDSPIELER IST EINE NIETE IM TOR!

BEIM **UEFA-CUP-SPIEL AS NANCY** GEGEN DEN **FC BASEL** 2006 VERURSACHTE DER BASELER TORHÜTER **FRANCO COSTANZO** EINEN ELFMETER UND WURDE VOM PLATZ GESTELLT. DA DAS TEAM SEIN WECHSELKONTINGENT ERSCHÖPFT HATTE, **GING DER STÜRMER MLADEN PETRIĆ INS TOR UND HIELT DEN STRAFSTOSS!**

North Star Galaxy
gegen
Dirkhill Dynamos

Als ich am Sonntagmorgen zum Park kam, waren Jack und Sam beide da.

»Was ist los?«

»Doug hat Jack rasiert und Sam ins Tor gestellt.« Oscar schüttelte den Kopf.

»Ihr kennt alle die Regeln«, sagte Doug. »Wer nicht trainiert, spielt auch nicht.«

»Ich dachte, Sam hätte aufgehört«, sagte ich.

»Hat er auch«, sagte Doug. »Aber ich hab ihn gebeten, uns noch eine Chance zu geben. Sam hat seinen Platz an Jack verloren, ist aber weiterhin zum Training gekommen und hat sogar in der Abwehr ausgeholfen.«

»Aber wir brauchen Jack, sonst ...«

Doug unterbrach mich. »Ich hab mich entschieden, Charlie. Wenn Jack seinen Platz zurückhaben will, muss er darum kämpfen.«

★

Es dauerte keine Minute, bis wir 0:1 hinten lagen.

Sam traf keine Schuld, dass der Dynamos-Stürmer ungehindert durch unsere Deckung spazieren und sich die Ecke aussuchen konnte.

Wir waren total von der Rolle – kein Pass kam an, kein Tackling gelang –, sodass Dirkhill leichtes Spiel hatte.

Ich stand an der Außenlinie, als Miko über den Ball säbelte und einem Dynamos-Stürmer das 2:0 schenkte. Doug warf hilflos die Arme in die Luft.

»Es liegt an Jack«, sagte ich.

»Aber Jack spielt doch gar nicht mit.«

»Er bringt uns

Glück«, sagte Gerbil. »Wenn Jack im Tor ist, haben wir alle mehr Selbstvertrauen.«

Doug strich sich durch seine fehlenden Haare. »Aber er kommt nicht zum Training. Das wäre nicht fair.«

»Ist doch allen egal, wenn wir gewinnen«, sagte ich.

Ein Jubelschrei auf der gegenüberliegenden Seite. Als ich aufblickte, sah ich, wie Sam den Ball zum dritten Mal aus dem Netz holte.

Doug schüttelte seufzend den Kopf. »Okay, in der zweiten Hälfte geht Jack ins Tor.«

»Ähm, Doug«, sagte Gerbil.

»Ja, ja, du kommst auch rein.«

»Das meinte ich nicht. Ich wollte nur sagen, dass Jack schon nach Hause gegangen ist.«

★

Über die zweite Halbzeit braucht man nicht viel zu sagen. Der Spielberichtsbogen sagt alles.

SPIELBERICHT

NORTH ☆ GALAXY	DIRKHILL DYNAMOS

ENDERGEBNIS

1	6

HALBZEITSTAND

0	4

POS	TABELLE	PKT
9	NORTH ☆ GALAXY	8
10	TORBAY TERRIERS	5
11	LEIGH ROAD COSMOS	5
12	HOLCOMBE WAND	4

SPIELBERICHT

Immerhin haben die Teams unter uns auch verloren – wir bleiben also auf dem neunten Platz. Doch wenn wir so weiterspielen, wird sich das bald ändern!

	NORTH ☆ TEAM
T	SAM
V	MOLE
V	MIKO
V	CHARLIE (Kapitän)
M	DONUT [1]
M	NATHAN
M	KASH
A	OSCAR
A	LUKAS
R	GERBIL [1] & JACK*

* (bis er nach Hause gegangen ist.)

★

Wir gingen alle davon aus, dass Jack beim nächsten Spiel wieder im Tor stehen würde.

FALSCH!

Doug war so wütend über Jacks Verhalten, dass Sam bei dem Fiasko gegen Mayfield das Tor hütete. Wer an den peinlichen Details interessiert ist, bitte schön:

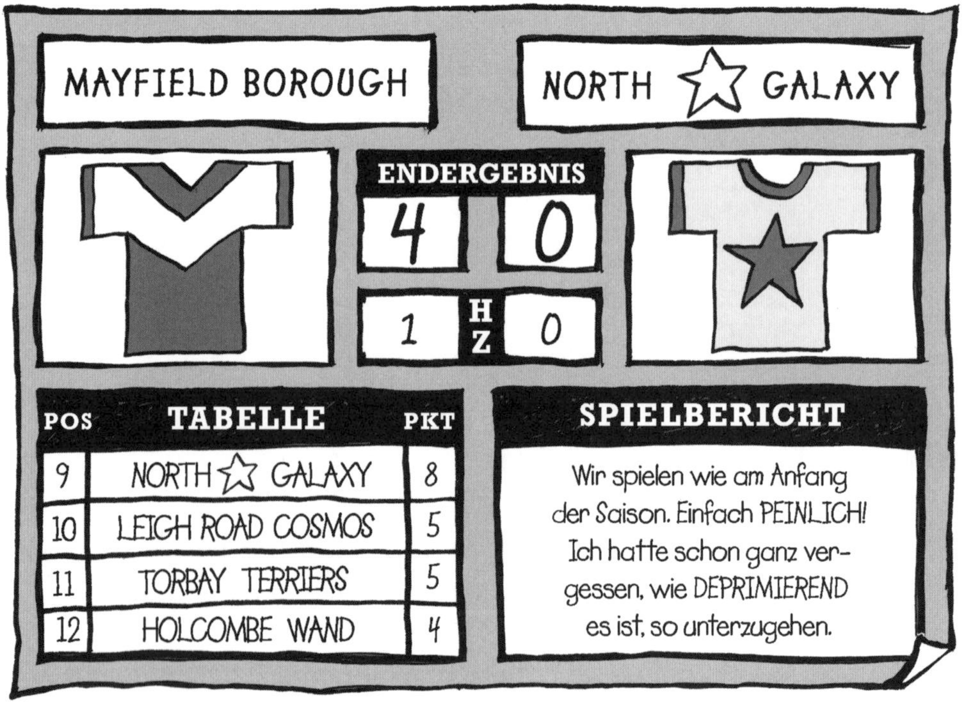

Travis nervte mal wieder, schließlich stand das Spiel gegen die Colts bevor.

»Na, ihr Loser«, sagte er, als er in der Mensa an unserem Tisch vorbeikam. »Ich tippe mal auf zwanzig.«

»Wovon redest du?«

»Wir haben den Terriers zehn Stück eingeschenkt, also werden's gegen euch bestimmt zwanzig werden.«

Ich zuckte die Schultern.

»Und euer Schwachkopf von Trainer hat Jack rausgeschmissen, ich lach mich tot! Hab ich eigentlich schon erwähnt, dass die Colts bei der WM dabei sind?«

»Was?«

Er grinste. »Ist noch nicht fix, aber so gut wie. Man sieht sich!«

Ich schob die Reste meines Essens weg.

Mir war der Appetit vergangen.

Goldbridge Colts
gegen
North Star Galaxy

Riesengelächter, als wir aus dem Leichenwagen stiegen.

»Hey, das Kanonenfutter ist da.«

»Komisch, dass die wegen Unfähigkeit noch nicht aus der Liga geworfen wurden.«

»Nach der Klatsche heute werden sie darum betteln.«

»Früher waren die doch mal gut. Ach ja, als wir noch mitgespielt haben.«

Doug packte Sam am Arm und trieb uns in die Kabine, um eine Schlägerei zu verhindern. Ich habe KABINE gesagt! Wir mussten uns also nicht neben dem Feld oder Parkplatz umziehen. Die Colts hatten ein nagelneues Klubhaus, nicht zu vergleichen mit unserer Baracke.

ACHTET AUF DIE UNTERSCHIEDE:

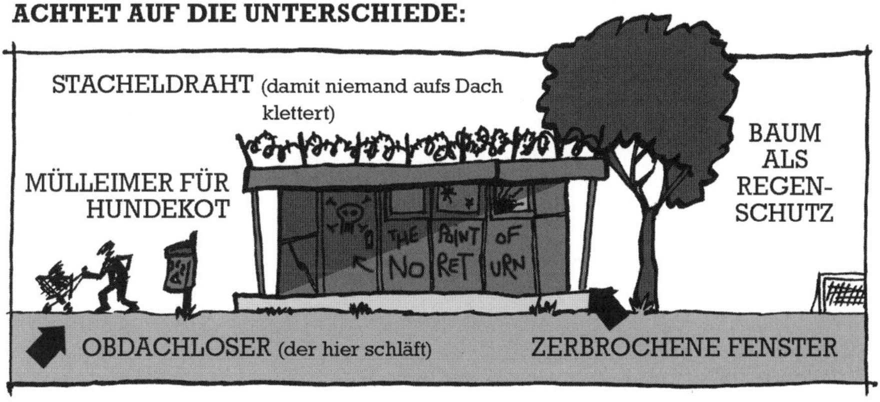

»Wir sind verloren«, sagte Donut und zeigte auf ein Blatt Papier, das an der Wand klebte.

Doug riss es runter. »Was glauben die eigentlich, wer sie sind? Lachen uns aus, und dann so was! Wir gehen jetzt raus und stopfen ihnen das Maul!«

Ich hatte Doug noch nie so wütend gesehen.

»Ähm ...« Gerbil hob die Hand. »Wie genau sollen wir das machen?«

Ehe Doug antworten konnte, bebte unsere Kabine, weil die Colts nebenan ihre Schlachtgesänge anstimmten, mit den Füßen stampften und auf die Holzbänke trommelten.

»Was machen die da?«, rief Donut mit vor Schreck geweiteten Augen.

»Die wollen euch einschüchtern!«, rief Doug zurück. »Hört zu! Ich will, dass ihr von Anfang an aggressiv seid. Ihnen die ganze Zeit auf den Füßen steht. Sie nicht zur Entfaltung kommen lasst. Sie wollen uns überrollen, aber sie werden sich wundern!«

»Yeah!«, rief Nathan und grinste so breit, dass ich froh war, ihn an meiner Seite zu haben.

»Lasst uns den Idioten eine Lektion erteilen«, sagte Oscar.

Danach konnten wir den Anpfiff kaum noch erwarten. Als wir aufs Feld liefen, dachte ich wirklich, wir hätten eine Chance.

★

Die Colts stießen an, doch Nathan nahm ihnen den Ball ab, stürmte in ihre Hälfte und schlug einen weiten Pass zu mir. Ich leitete ihn zu Oscar weiter, der so schnell schoss, dass der Keeper gar nicht reagierte. Der Ball krachte gegen den Pfosten.

Uns blieb keine Zeit, der vergebenen Chance nachzutrauern. Ein Heer von weißen Trikots fiel über uns her, und nur dreißig Sekunden nach Oscars Pfostenschuss hämmerte Travis den Ball auf Sams Tor. Doch diesmal prallte er nicht zurück ins Feld.

»Verdammt!«, rief Doug und warf die Arme in die Luft.

»Reines Glück«, sagte ich. »Wir haben fast getroffen, wir können es wieder schaffen.«

Doch diesmal war die Verteidigung der Colts aufmerksamer. Wir versuchten, sie so unter Druck zu setzen, wie Doug es uns gesagt hatte. Und Sam schaffte es, stets irgendeinen Körperteil zwischen den Ball und das Tor zu bringen. Es grenzte an ein Wunder, dass es zur Pause nur 1:0 stand.

»Macht einfach so weiter«, sagte Doug, »dann haben wir eine Chance.«

★

Zu Beginn der zweiten Halbzeit bekamen die Colts eine Ecke. Als Nathan den Ball aus der Gefahrenzone köpfte, ging die Nummer 7 der Colts zu Boden.

»Ich hab ihn gar nicht berührt!«, rief er, als der Schiedsrichter auf den Elfmeterpunkt zeigte.

Die Nummer 7 zwinkerte Travis zu.

So wollten sie also gewinnen!

Von diesem Moment an ließ sich jedes Mal ein Spieler

der Colts theatralisch fallen, wenn wir ihm zu nahe kamen oder ihn in einen Zweikampf verwickelten.

Es dauerte nicht lange, bis unser halbes Team rotgefährdet war. Diese Ungerechtigkeit brachte uns so durcheinander, dass schon bald das 3:0 fiel. Dann spitzelte Travis den Ball durch Moles Beine und erzielte das vierte Tor. Am Ende hatten wir neun Treffer kassiert – nicht mal die Hälfte dessen, was Travis uns prophezeit hatte, was jedoch auch kein Trost war.

Ich zog mich rasch um, während Doug ein Netz mit Fußbällen in seinem Wagen verstaute.

»Beim Bezirksturnier brauchen wir Jack im Tor«, sagte ich.

Doug schloss die Klappe. »Sam ist nicht schuld, dass wir heute verloren haben.«

»Ich weiß, aber Gerbil hat recht, dass wir alle besser spielen, wenn Jack dabei ist.«

»Er ist kein Talisman, Charlie!«

»Aber ohne ihn haben wir noch nie verloren.«

»Du willst also, dass ich im Viertelfinale Jack statt Sam ins Tor stelle?« Doug schaute mich an.

»Ich denke daran, was das Beste für das Team ist.«

Er seufzte. »Warum überlässt du diese Sorge nicht einfach mir?«

Das war ja das Problem. Versteht mich nicht falsch, Doug ist super, aber er konzentrierte sich nicht aufs Wesentliche. Wen kümmerte es schon, ob Jack zum Training kam? Er hatte uns gezeigt, was Gewinnen bedeutet, und wir mochten dieses Gefühl. Er hatte uns zu neuem Selbstvertrauen verholfen.

Wenn Doug das nicht einsah, musste ich mir was anderes einfallen lassen.

Zu Hause. Der Abend vor dem Viertelfinale

ICH HAB SAM NOCH NICHT ERREICHT.
DIE HABEN KEIN TELEFON.
ICH WEISS.
SEINE MUM HAT ANGST VOR DER STRAHLUNG.
ICH WEISS.
CHARLIE?
JA?
KÖNNTEST DU BEI IHM VORBEIFAHREN UND IHM BESCHEID SAGEN? MEIN WAGEN SPRINGT NICHT AN.
ICH SOLL SAM AUSRICHTEN, DASS WIR UNS SCHON UM NEUN TREFFEN?
DU HAST ES ERFASST.
UND DASS DU EINEN KLEINBUS GEMIETET HAST.
DAS IST NICHT WICHTIG! NUR DAS MIT DER UHRZEIT! UND BLEIB NICHT DIE GANZE NACHT LANG WACH. IST EIN WICHTIGES SPIEL MORGEN.

Mit dem Fahrrad brauchte ich nicht mal eine Minute zu Sams Haus, aber das war lange genug, um schreckliche Albträume zu kriegen.

Es ging nicht. Ich konnte es nicht tun.

Als ich das Haus meines besten Freunds erreichte, donnerte ein Bus vorbei und warf eckige Lichter auf die Straße. Am Heck sah ich eine große Reklame.

Der Bus bog auf die Hauptstraße ab. Ich schaute zu Sams Haus hinüber. In seinem Zimmer war noch Licht, doch erneut war ich von dieser Idee gepackt worden. Konnte sie nicht abschütteln.

Ich kehrte um und fuhr wieder nach Hause.

BEZIRKSTURNIER VIERTELFINALE:

Cedar Street Wasps
gegen
North Star Galaxy

Doug zählte die Spieler im Kleinbus und runzelte die Stirn. »Du hast Sam doch Bescheid gesagt?«

»Mir hat keiner die Tür aufgemacht, aber ich habe eine Nachricht hinterlassen.«

»Du hast was?«

»Was hätte ich sonst tun sollen?«

Doug schaute auf die Uhr und fluchte in sich hinein. »Wir können nicht länger warten. Dann bist du heute im Tor, Donut.«

Ein kollektives Stöhnen war zu hören. Dann zeigte Oscar aus dem Fenster. »Ganz ruhig, da kommt jemand.«

»Punktlandung, Sam«, sagte Doug, als die hintere Tür aufglitt.

Aber es war Jack, der einstieg.

»Ich dachte, ihr braucht vielleicht noch einen Ersatzkeeper.« Er setzte sich neben mich.

»Allerdings«, entgegnete Doug und warf mir einen misstrauischen Blick zu.

Ich schaute weg. Hätte Doug auf mich gehört, hätte ich nicht zu solch einer drastischen Maßnahme greifen müssen.

Als Jack den Bus bestieg, verwandelte sich die allgemeine Niedergeschlagenheit in Euphorie. Oscar und Gerbil wetteten sofort, wie hoch wir gewinnen und auf wen wir im Halbfinale treffen würden. Doch das änderte nichts an dem schlechten Gewissen, das mir bleischwer im Magen lag.

Als sich der Bus in Bewegung setzte, stieß mich Jack an. »Also gib her.«

Ich vergewisserte mich, dass niemand zusah, und gab ihm einen blau-gelben Fußballstutzen. »Da drin«, flüsterte ich. Ein brauner Umschlag wäre zu auffällig gewesen.

Jack stopfte den Stutzen in seine Sporttasche.

»Fünfzig?«

Ich nickte. Mein gesamtes Weihnachtsgeld. Aber das war es wert.

★

Der Sportplatz der Wasps lag mitten auf einem Hügel. Die Höhenunterschiede waren so extrem, dass Oscar auf dem rechten Flügel größer war als Nathan auf dem anderen.

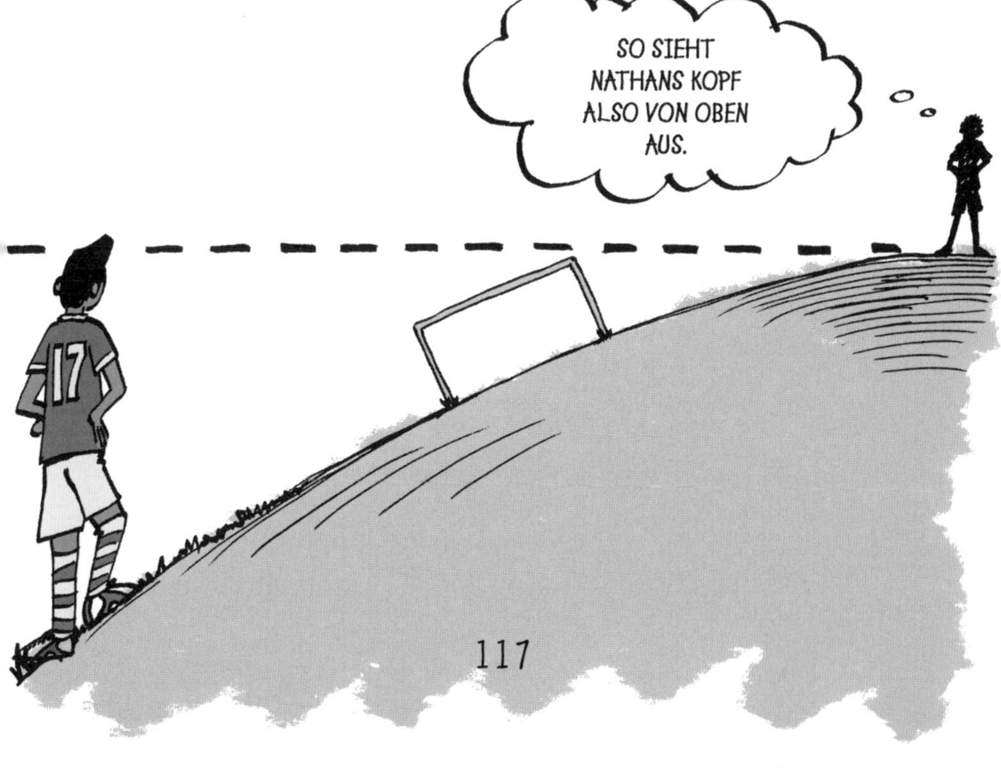

»Spielt ganz einfach, bis ihr ein Gefühl für das Gefälle bekommt«, sagte Doug. »Die Wasps sind im Vorteil, weil sie ihren Patz kennen.«

»Kein Wunder, dass sie Tabellenzweiter sind«, sagte Kash.

»Aber wir haben Jack«, grinste Gerbil.

Was Doug zum Anlass nahm, mir einen weiteren finsteren Blick zuzuwerfen. Für einen Moment dachte ich schon, er würde Jack erneut auf der Bank lassen, aber dann begriff er wohl, dass das einen Aufstand zur Folge gehabt hätte.

In der ersten Hälfte befand ich mich weit oben am Hang, sodass mich kaum ein Zuspiel erreichte, während meine eigenen Pässe viel zu hoch waren. Die Wasps setzten uns ziemlich zu.

Doch Jack konnten sie nicht überwinden.

Allmählich gewöhnten wir uns an die Verhältnisse, während die Wasps immer frustrierter wurden. Oscar traf den Pfosten und Kash zwang ihren Keeper zu einer Glanzparade, dennoch stand es zur Halbzeit 0:0.

Zehn Minuten nach Wiederanpfiff bekamen wir eine

Ecke. Das Tor stand weiter oben, also schlug ich den Ball mit voller Kraft in den Strafraum. Zuerst dachte ich, er würde viel zu weit fliegen. Aber dann sah ich Oscar an der gegenüberliegenden Seitenlinie. Der kleinste Spieler auf dem Feld ...

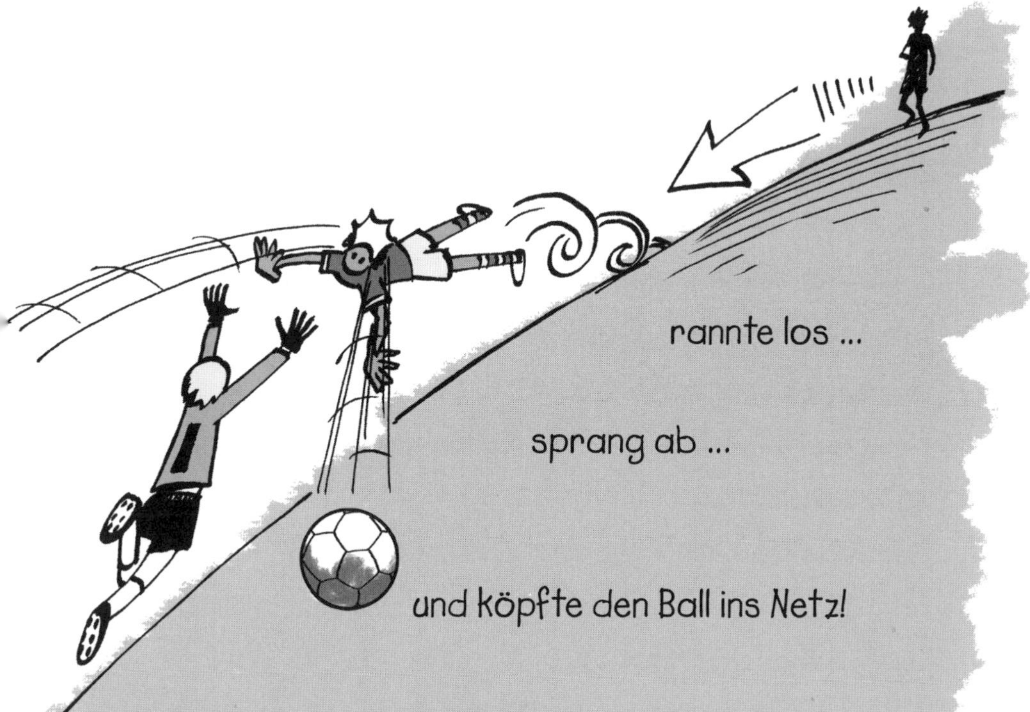

Für den Rest des Spiels kamen wir nicht mehr aus der eigenen Hälfte heraus, doch Jack war unbezwingbar.

Jubelnd fielen wir übereinander her. Wir hatten es geschafft! North Star war im HALBFINALE. Ich hätte mich großartig fühlen müssen, tat es aber nicht.

Doug nahm mich zur Seite. »Sam hat mich von einer Telefonzelle aus angerufen. Er wusste nicht, dass das Spiel früher anfing.«

»Da hat er wohl meine Nachricht nicht gefunden.«

»Nein, hat er nicht. Er hat sie nirgendwo finden können!«

Ich zuckte die Schultern. »Vielleicht hat sie der Wind weggeweht.«

»Der Wind?« Doug atmete tief durch. »Und natürlich ist es auch reiner Zufall, dass Jack plötzlich wieder auftaucht, oder?«

»Yeah.«

Doug starrte mich so lange an, bis mir Tränen in die Augen stiegen. »Das will ich für dich hoffen, Charlie ... denn wenn ich mir so was ausgedacht hätte, könnte ich heute unter Garantie nicht schlafen.«

North Star Galaxy
gegen
Torbay Terriers

Ich weiß nicht, wie Sam es herausgefunden hat, doch ich vermute, Jack hat Travis gesteckt, dass ich ihn bezahlt habe, und Travis hat es dann Sam erzählt.

»Solange der im Team ist, spiel ich nicht mit!« Sam zeigte mit dem Finger auf mich.

Dougs Gesicht lief dunkelrot an. »Jetzt reicht's

mir aber! Ich bin hier der Trainer, falls das jemand vergessen haben sollte. Ihr seid beide suspendiert!« Er schüttelte den Kopf. »Donut, du gehst ins Tor. Gerbil, du nimmst Charlies Platz auf dem rechten Flügel ein. Oscar, du bist jetzt unser Kapitän.«

Ich gab ihm die Kapitänsbinde.

»Ich kann nicht glauben, dass du Jack gekauft hast«, sagte Oscar.

»Wolltest du ihn auch für das Halbfinale kaufen?«, fragte Gerbil.

Ich zuckte die Schultern. So weit hatte ich nicht vorausgedacht. »Ich wollte nur, dass wir irgendwie das Viertelfinale überstehen.«

»Wir haben das Spiel gewonnen, aber viel mehr verloren«, stellte Miko fest.

★

Sam stand mit Jasmin an der Torauslinie. Sie versperrte mir den Weg. »Komm Sam lieber nicht zu nah. Der redet nicht mehr mit dir und ich auch nicht.«

»Äh … hast du aber gerade.«

»Das ist kein Spaß, Charlie!«

Ich hatte Jas noch nie so wütend gesehen.

»Ich fasse es nicht, dass du so was getan hast. Und erzähl mir bloß nicht, du hättest nur an das Team gedacht!« Sie drehte sich um und ging.

»Aber, ich hab wirklich …«, murmelte ich.

Also dachte ich darüber nach, dass ich mich in diesem Punkt vielleicht geirrt hatte.

★

Das Spiel war ein Fiasko. Die Terriers standen in der Tabelle direkt unter uns, doch wir ließen sie in ihren himmelblauen Trikots wie Lazio Rom aussehen. Bei uns herrschte ein heilloses Durcheinander, weil so viele auf ungewohnten Positionen spielen mussten. Und irgendwie fühlte ich mich für all das verantwortlich.

Gegen das 0:1 war Donut machtlos – ein Sonntagsschuss von der Strafraumkante, der im Fernsehen x-mal in Zeitlupe gezeigt worden wäre.

Doch dann kullerte ihm der Ball durch die Beine und das dritte Gegentor hätte Sam mit geschlossenen Augen verhindert.

»Du musst dich mit Sam vertragen«, flehte Oscar in der Pause.

»Oder ihn bezahlen«, knurrte Donut.

»Der redet nicht mehr mit mir.«

»Dann hinterlass ihm doch eine Nachricht an der Tür«, schlug Nathan vor.

★

Nach dem vierten Gegentor gaben wir auf. Und sogar Torbay langweilte sich, als es zweistellig wurde. Oscar erzielte kurz vor Schluss noch zwei Treffer, aber die waren auch kein Trost.

Nach dem Spiel packte Doug schweigend unsere Sachen zusammen. Niemand sagte ein Wort.

Donnerstagabend, Training

Doug nahm Sam und mich zur Seite. »Am Sonntag beim Halbfinale gegen die Colts«, sagte er, »brauchen wir unser stärkstes Team. Also müsst ihr unbedingt dabei sein.«

Sam schüttelte den Kopf. »Ich hab doch gesagt, dass ich nicht mehr mit ihm zusammen spiele.«

Ich dachte, Doug würde erneut explodieren, doch er stöhnte nur wie ein Fußball, aus dem die Luft entwich. »Deine Entscheidung, Sam.«

Zu mir sagte er: »Du gehst wieder auf den Flügel, Charlie, und Oscar bleibt Kapitän, okay?«

Das war hart, aber ich machte Doug keine Vorwürfe.

Die anderen freuten sich nicht gerade, als sie von der Sache mit Sam hörten.

Donut verschränkte die Arme: »Ich geh nicht ins Tor!«

»Die schlachten uns ab«, sagte Gerbil.

Nathan warf mir einen Blick zu, der die Torpfosten zum Schmelzen gebracht hätte.

ES WAR EIN LANGER HEIMWEG.
VIELE DINGE GINGEN MIR DURCH DEN KOPF.
ALS MIKO SAGTE, WIR HÄTTEN WAS VERLOREN, DACHTE ICH, ER MEINT SAM – ODER SOGAR MICH!
DANN DACHTE ICH AN DAS SPIEL GEGEN DIE COLTS UND BEGRIFF, DASS WIR MEHR VERLOREN HATTEN ALS EINEN SPIELER.
DAMALS WAREN WIR EIN ECHTES TEAM – JEDER KÄMPFTE FÜR JEDEN.
UND ICH HATTE DAS NICHT MAL MITGEKRIEGT.
WAS FÜR EIN IDIOT ICH WAR!
ICH MUSSTE DAS IN ORDNUNG BRINGEN.
ABER WIE?

ICH WAR FAST ZU HAUSE, ALS MIR EIN LICHT AUFGING.
DING

ICH BEGRIFF, DASS NORTH STAR
SAM
VIEL MEHR BRAUCHTE ALS
MICH
JETZT WUSSTE ICH, WAS ICH ZU TUN HATTE.

BEZIRKSTURNIER HALBFINALE:
Goldbridge Colts
gegen
North Star Galaxy
WAS HEISST DAS, CHARLIE, DU KANNST NICHT SPIELEN?
HAB MIR DEN KNÖCHEL VERSTAUCHT.
WAS!?
EIN FAHRRAD-UNFALL.
DU IDIOT! ES IST DAS HALBFINALE!
ICH WEISS!
ICH HOLE MEINEN VATER!
WENN ICH NICHT KANN, WIRD SAM SPIELEN!
WAS?

WENN ICH NICHT SPIELE, WIRD SAM INS TOR GEHEN.
DANN MUSST DU NICHT.
JA. BESTIMMT.
ABER DOUG WIRD DENKEN, ICH HÄTTE ES MIT ABSICHT GEMACHT.
EHRLICH?
UNSINN! WARUM SOLLTE ICH FREIWILLIG AUF SO EIN SPIEL VERZICHTEN?
GENAU! MAN MÜSSTE SCHON BESCHEUERT SEIN …
JA KLAR …
KANNST DU DOUG SAGEN, DASS ICH VERLETZT BIN?
UND VERGISS SAM NICHT.
KEINE SORGE. ICH SAG'S SAM PERSÖNLICH, SOLANGE ICH NICHT SELBST INS TOR MUSS.

★

Mum bestand darauf, meinen Knöchel anzuschauen.

»Sieht gar nicht geschwollen aus.« Sie drückte auf das Gelenk und ich stieß einen effektvollen Schrei aus. Mum runzelte die Stirn. »Vielleicht sollten wir das röntgen lassen. Nach dem Spiel fahre ich dich in die Klinik.«

»Nein, nein, ich will lieber gleich nach Hause. Das Spiel anzuschauen, wäre zu deprimierend für mich.«

Mum legte mir den Arm um die Schultern. »Ganz wie du willst«. Ich hätte fast geheult.

Im Auto bekam ich eine SMS von Donut, dass Sam bereit war, wieder ins Tor zu gehen. Ich hatte getan, was ich konnte. Den Rest mussten die anderen erledigen.

★

Als Gerbil später vorbeikam, lag ich auf dem Sofa, eine dicke Eispackung auf meinem VERLETZTEN KNÖCHEL.

»Wie geht's deinem Fuß?«, fragte Gerbil.

»Ha!«, rief Emily. »Mum hat drei Stunden in der Klinik gewartet. Sie konnten nichts finden … hätten lieber mal sein Gehirn untersuchen sollen.«

Ich ignorierte sie. »Wie lief das Spiel?«

»Es war unglaublich!« Gerbil strahlte. »Fünf Minuten lang lagen wir sogar in Führung. Oscar hat drei Leute aussteigen lassen und den Ball voll in den Winkel gehauen!«

»Wow! Wie ist das Spiel ausgegangen?«

»5:3, doch lange stand es 2:1. Wir sind angerannt wie verrückt, aber sie haben uns trotzdem zweimal ausgekontert. Ganz am Ende konnten wir noch mal verkürzen.«

»Wie war Sam?«

»Super! Ohne ihn hätten wir in der ersten Viertelstunde schon drei Tore kassiert.«

Ich nickte, weil ich einen Kloß im Hals hatte.

»Und weiß du, was?« Gerbil setzte sich neben mich. »Doug hat Miko auf deinem Flügel spielen lassen und ich bin dafür nach hinten gegangen. Hat echt gut geklappt!« Er grinste.

»Das ist toll!«, entgegnete ich.

»Miko ist echt der Wahnsinn. Geht ab wie eine Rakete und hat denen zwei Dinger eingeschenkt. Wenn Doug ihn schon früher als Stürmer eingesetzt hätte, könnten wir jetzt Tabellenführer sein.«

Ich hatte recht – sie brauchten mich nicht.

»Ich geh dann mal«, sagte Gerbil. »Mit deinem Fuß, das wird schon wieder.«

»Danke.« Meinem Fuß ging es gut, dafür spürte ich einen drückenden Schmerz in meiner Brust.

★

Ich dachte, dass man sich besser fühlt, wenn man das Richtige tut.

Aber das stimmt nicht!

Ich wollte mit meinem Elend allein sein, also ging ich ins Bad, ließ die Wanne volllaufen und schüttete einen Badezusatz hinein, der mächtig schäumte.

Ich gebe zu, dass ich die Flasche, die wie der WM-Pokal aussah, schon mehrmals triumphierend vor dem

Spiegel hochgehalten habe, während das Rauschen des Wassers in meinem Kopf zum Jubel der Zuschauer wurde.

Doch an diesem Abend konnte ich sie kaum ansehen. Beim Versuch, sie zurück auf das Regal über dem Waschbecken zu stellen, ließ ich sie fallen.

Der WM-Pokal landete direkt auf meinem rechten Fuß. Ich schrie vor Schmerz auf. Es war die Art von Schmerz, die einen laut fluchen lässt, ohne dass man es merkt. Die Art von Flüchen, die deine Mutter sofort ins Bad laufen lässt.

Zwanzig Minuten später war ich erneut in der Notaufnahme des Hardacre Hospitals.

TATSACHE

DER HEUTIGE WM-POKAL **WURDE ZUM ERSTEN MAL 1974 AN DEUTSCHLAND** VERLIEHEN. DER FRÜHERE **JULES-RIMET-POKAL** STELLTE **NIKE** DAR – NICHT DEN TRAININGSSCHUH, SONDERN DIE **GRIECHISCHE SIEGESGÖTTIN** NATÜRLICH.
ER WURDE ZWEIMAL GESTOHLEN – 1966 WURDE ER VON EINEM HUND GEFUNDEN. NACH DEM ZWEITEN DIEBSTAHL 1983 BLIEB ER VERSCHWUNDEN.
FALLS IHN JEMAND EINGESCHMOLZEN HAT, TRAGEN HEUTE LEUTE AUF DER GANZEN WELT SCHMUCK, DER VON EINEM WM-POKAL STAMMT!

Parkview Pirates
gegen
North Star Galaxy

Als ich am Montag in die Schule kam, mit Krücken und einem lächerlichen Plastikschuh, der meinen Fuß schützte, erzählte ich jedem von dem FAHRRADUNFALL. Nach ein paar Tagen glaubte ich selbst daran. Vielleicht war es weniger schmerzhaft, das Viertelfinale durch einen Unfall als durch eigenen Verzicht verpasst zu haben.

Die Ärztin stellte einen heftigen Bluterguss an den Zehen und etwas fest, das sie *SUBUNGUALES* HÄMATOM nannte. Mein großer Zeh war fast schwarz und verursachte diesen pochenden Schmerz. Sie entfernte das Blut mit einer riesigen Nadel und sagte, dass ich über einen Monat nicht Fußball spielen könne.

Meine Mutter wollte, dass ich das Bein hochlege, statt das Spiel anzuschauen. Vielleicht wäre ich sowieso nicht willkommen gewesen.

SPIELBERICHT

PARKVIEW PIRATES — NORTH ☆ GALAXY

ENDERGEBNIS

4 | 2

HALBZEITSTAND

1 | 0

POS	TABELLE	PKT
9	TORBAY TERRIERS	8
10	LEIGH ROAD COSMOS	8
11	NORTH ☆ GALAXY	8
12	HOLCOMBE WAND	7

SPIELBERICHT

Scheißspiel. Keine Ahnung, warum keiner verletzt oder vom Platz gestellt wurde. 6 gelbe Karten!!!!!! Wieder in der Abstiegszone. Grrrr!

	NORTH ★ TEAM
T	SAM
V	MOLE
V	GERBIL
V	MIKO
M	DONUT
M	NATHAN
M	LUKAS
A	OSCAR (Kapitän)
A	KASH
R	

Gerbil hat den Spielberichtsbogen von Hand ausgefüllt, damit ich ihn mir gleich ansehen und rechtzeitig abschicken konnte.

Ich werde es vermissen, das alles aufzuschreiben. Jeder hasst mich, nur mit euch kann ich noch reden! Wenn ihr weiterlest, werdet ihr mich vielleicht auch hassen!

Ich kann nicht glauben, was ich alles getan habe.

Die schlimmsten Sachen wollte ich schon weglassen, aber das fühlte sich falsch an. Hier kommt die Wahrheit. Das muss doch irgendwie zählen.

Charlie Merrick

(ex Teamkapitän)

HÄ?
DAS WAR'S SCHON?
DAS KANN DOCH NICHT DER SCLUSS SEIN!
ICH WILL WISSEN, WIE'S WEITERGEHT.

ECHT?

JA!

OKAY …

CHARLIE MERRICK
DIE ZWEITE HALBZEIT
NOCH DRAMATISCHER!
WIE LANGE SOLLEN WIR HIER NOCH STEHEN?
ECHT!
BIS DIE SEITE UMGEBLÄTTERT WIRD!
WEITER GEHT'S

Den ersten Teil der WM-Qualifikation hab ich abgeschickt, aber ich habe mich entschieden, alles aufzuschreiben. Eine Geschichte hört erst am Ende auf und zwischen jetzt und dann kann jede Menge passieren. Es bleiben immer noch sieben Spiele, um North Star vor dem Abstieg zu retten.

Vielleicht wird später mal ein anderer dies lesen und wissen wollen, was passiert ist.

Also, falls da draußen jemand ist – wer auch immer –, das ist für DICH!

North Star Galaxy
gegen
Holcombe Wanderers

Die Holocombe Wanderers standen noch einen Rang unter uns. Bei einer Niederlage wären wir ans Tabellenende gerutscht.

Mum umwickelte meinen Elefantenfuß mit einem schwarzen Müllsack, ehe sie mich zum Park fuhr, damit ich das Spiel gucken konnte.

Die meisten schienen erfreut, mich zu sehen. Nur Sam begrüßte mich nicht. Er sprach mit Jasmin, beide spähten in meine Richtung. Sollte ich ihm erzählen, dass

ich meine Verletzung erfunden hatte, damit er das Halbfinale spielen konnte?

Doch angesichts meines Elefantenfußes würde er mir wohl nicht glauben.

Marco nahm erneut meinen Platz auf dem Flügel ein. Ich sah sofort, wie schnell er war. Und auch seine Pässe waren genauer als meine. Hinten räumte Gerbil alles ab, was ihm in den Weg kam. Auch Donut musste ein paarmal dran glauben. Gerbils Einsatz kannte einfach keine Grenzen. Sam trug eine Sportbrille, aber das war nicht die einzige Veränderung. Er wirkte irgendwie selbstbewusster, sogar größer als sonst.

In diesem Moment tauchte er ab und drehte einen platzierten Flachschuss um den Pfosten.

»Wann bist du wieder fit, Charlie?«, fragte Doug, der neben mir an der Seitenlinie stand.

»In ein paar Wochen ... aber sie scheinen ja gut ohne mich klarzukommen.«

Doug hob eine Braue. »Das klingt aber nicht nach dem Charlie, den ich kenne.«

Ich zuckte die Schultern.

»Du bist ein guter Anführer, Charlie, du musst nur verstehen, dass du nicht alles alleine machen kannst. Du musst den anderen vertrauen. Das macht ein echtes Team aus.«

Dann flitzte er die Seitenlinie entlang. »Gerbil, die mit den blauen Trikots gehören zu dir!«

»Hätte dich hier nicht erwartet.« Jasmins Stimme ließ mich zusammenzucken.

»Ich dachte, du redest nicht mehr mit mir.«

Sie nickte meinem Klumpfuß zu. »Muss ja eine große Flasche gewesen sein.«

Ich starrte sie düster an.

»Emily hat mir erzählt, dass dir eine Flasche mit Badeschaum auf den Fuß gefallen ist, aber erst NACH dem Spiel!«

Auf dem Feld spielten sich Miko und Oscar den Ball zu, der nur Millimeter über den Pfosten strich.

»Emily denkt, dass du die Verletzung vorgetäuscht hast, damit Sam spielen kann.« Jasmin lachte. »Aber ich hab ihr gesagt, dass du so was niemals tun würdest.«

»Verrückte Idee«, sagte ich.

»Alles zum Wohle des Teams, was?«

Ich zuckte die Schultern. »So ungefähr.«

»Du bist zwar ein Idiot, Charlie«, Jasmin legte mir den Arm um die Schultern, »aber genau meine Art von Idiot.« Sie sprang auf, als Oscar auf der gegenüberliegenden Seite die Beine weggezogen wurden. »Das war doch Foul, Schiri!« Dann sagte sie zu mir: »Übrigens rede ich jetzt wieder offiziell mit dir.«

Eine Woche später wurden meine Teamgefährten von den Cedar Street Wasps mit 5:0 von ihrem schiefen Platz gefegt.

NORTH ☆ GALAXY | HOLCOMBE WANDERERS

ENDERGEBNIS

2 | 3

HZ: 1 | 1

POS	TABELLE	PKT
9	HOLCOMBE WAND	10
10	TORBAY TERRIERS	8
11	LEIGH ROAD COSMOS	8
12	NORTH ☆ GALAXY	8

SPIELBERICHT

Wir wurden VERPFIFFEN. Sonst hätten wir das Spiel nie verloren. Super Tore von Oscar & Miko. Wieder Tabellenletzter – punktgleich, aber mit schlechterer Tordifferenz :(

CEDAR STREET WASPS | NORTH ☆ GALAXY

ENDERGEBNIS

5 | 0

HZ: 3 | 0

POS	TABELLE	PKT
9	HOLCOMBE WAND	10
10	TORBAY TERRIERS	8
11	LEIGH ROAD COSMOS	8
12	NORTH ☆ GALAXY	8

SPIELBERICHT

Die WASPS haben sich für ihre Turnierniederlage gegen uns revanchiert. Zum Glück haben die Teams direkt über uns ebenfalls verloren.

Wenige Monate vor Beginn der WM-Endrunde drehte sich fast alles im Land nur noch darum. An Häusern und Autos waren Fahnen befestigt, auf jeder Lebensmittelpackung sah man ein Fußballmotiv. Man konnte weder TV noch Radio anschalten, ohne den Slogan zu hören:

Jedes Mal, wenn ich ihn hörte, spürte ich ein Ziehen im Bauch. Ich wusste, dass North Star keine Chance hatte, an diesem Turnier teilzunehmen – vor allem wenn die Jury las, was ich getan hatte.

Ich versuchte, alles, was mit der WM zu tun hatte, aus meinem Kopf zu verbannen. Ich hatte andere Sorgen, zum Beispiel, dass North Star immer noch TABELLENLETZTER war.

POS		SP	S	U	N	T	GT	TD	PKT
8	SHUTT LANE MONARCHS	17	4	4	9	30	52	-22	16
9	HOLCOMBE WANDERERS	17	2	4	11	32	67	-35	10
10	TORBAY TERRIERS	17	1	5	11	39	71	-32	8
11	LEIGH ROAD COSMOS	17	2	2	13	28	66	-38	8
12	NORTH STAR GALAXY	17	2	2	13	18	89	-71	8

Am Ende der Saison würden die letzten beiden Teams absteigen. Dann musste man sich wiederbewerben, konnte von den anderen Teams jedoch abgelehnt werden. Und ich wagte nicht daran zu denken, wie sich beispielsweise die Colts verhalten würden.

Der Abstieg wäre das Ende von North Star Galaxy.

Wir sollten schleunigst mit dem Gewinnen anfangen.

Leider war das nächste Spiel gegen die Goldbridge Colts ...

TATSACHE

VIER SPIELTAGE

VOR ENDE DER BUNDESLIGASAISON 1998/99 SAH EINTRACHT FRANKFURT WIE EIN SICHERER ABSTEIGER AUS. SIE GEWANNEN DIE NÄCHSTEN **DREI SPIELE**, BENÖTIGTEN IM LETZTEN MATCH GEGEN TITELVERTEIDIGER KAISERSLAUTERN ABER NOCH **FÜNF TORE**. ES DAUERTE **47 MINUTEN** BIS ZUM ERSTEN TREFFER. DANN MACHTEN **DREI TORE IN ZWÖLF MINUTEN** HOFFNUNG. JAN ÅGE FJØRTOFT SICHERTE SEINER MANNSCHAFT **EINE MINUTE VOR DEM ABFPIFF** DEN SENSATIONELLEN KLASSENERHALT.

KONNTE NORTH STAR ÄHNLICHES GELINGEN?

North Star Galaxy
gegen
Goldbridge Colts

Endlich wurde ich meinen Plastikfuß und die Krücken los, aber die Ärztin sagte, es würde noch Wochen dauern, bis ich wieder richtig Fußball spielen konnte. Also musste ich mir das Match einmal mehr von draußen angucken.

»Keine Lust heute?«, fragte Travis, obwohl er wusste, dass ich verletzt war. »Erinnerst du dich noch an Jack?« Er zeigte auf unseren früheren Keeper, der sich gerade für die Colts warm machte.

Er lachte. »Oh, hab ich eigentlich schon erwähnt, dass die Colts an der WM teilnehmen?« Er hielt mir ein Blatt Papier mit dem WM-Logo unter die Nase. »Ihr könnt uns dann ja im Fernsehen anschauen.« Damit stolzierte er davon.

»Hattet ihr euch nicht auch beworben?«, fragte Jasmin.

Ich nickte, denn ich wusste, dass wir keine Chance hatten. Aber die Bestätigung war wie ein Schlag in die Magengrube. Mir war kotzübel.

»Ich geh nach Hause.«

Jas starrte mich an. »Du bist ja käseweiß. Soll ich dich begleiten?«

Ich schüttelte den Kopf. Ich brauchte ein bisschen Zeit für mich, um in meinem Selbstmitleid zu baden.

★

Emily war in der Küche. »Schon da?«

»Ich fühl mich nicht gut«, sagte ich.

Sie zuckte die Schultern. »Da ist ein Brief für dich.« Sie griff nach dem Berg von Briefen, der sich auf der Mikrowelle türmte, und für den Bruchteil einer Sekunde hatte ich irgendwie Hoffnung. Dann sah ich die zierliche Handschrift meiner Oma auf dem Umschlag.

»Ist das alles?«

»Hast du was anderes erwartet?«

Ich seufzte. »Nein, nein.«

Es war eine Geburtstagskarte mit Fußballern drauf. Mein Geburtstag war zwar erst in zwei Wochen, aber meine Oma will immer ganz sicher sein, dass ihre Karten auch rechtzeitig ankommen. Als ich die Karte zurücklegte, fiel der ganze Stapel auf den Boden.

»Charlie!« Emily verdrehte die Augen.

Ich bückte mich und erstarrte …

»Wann ist der hier gekommen?«

Ohne auf eine Antwort zu warten, riss ich den Brief auf.

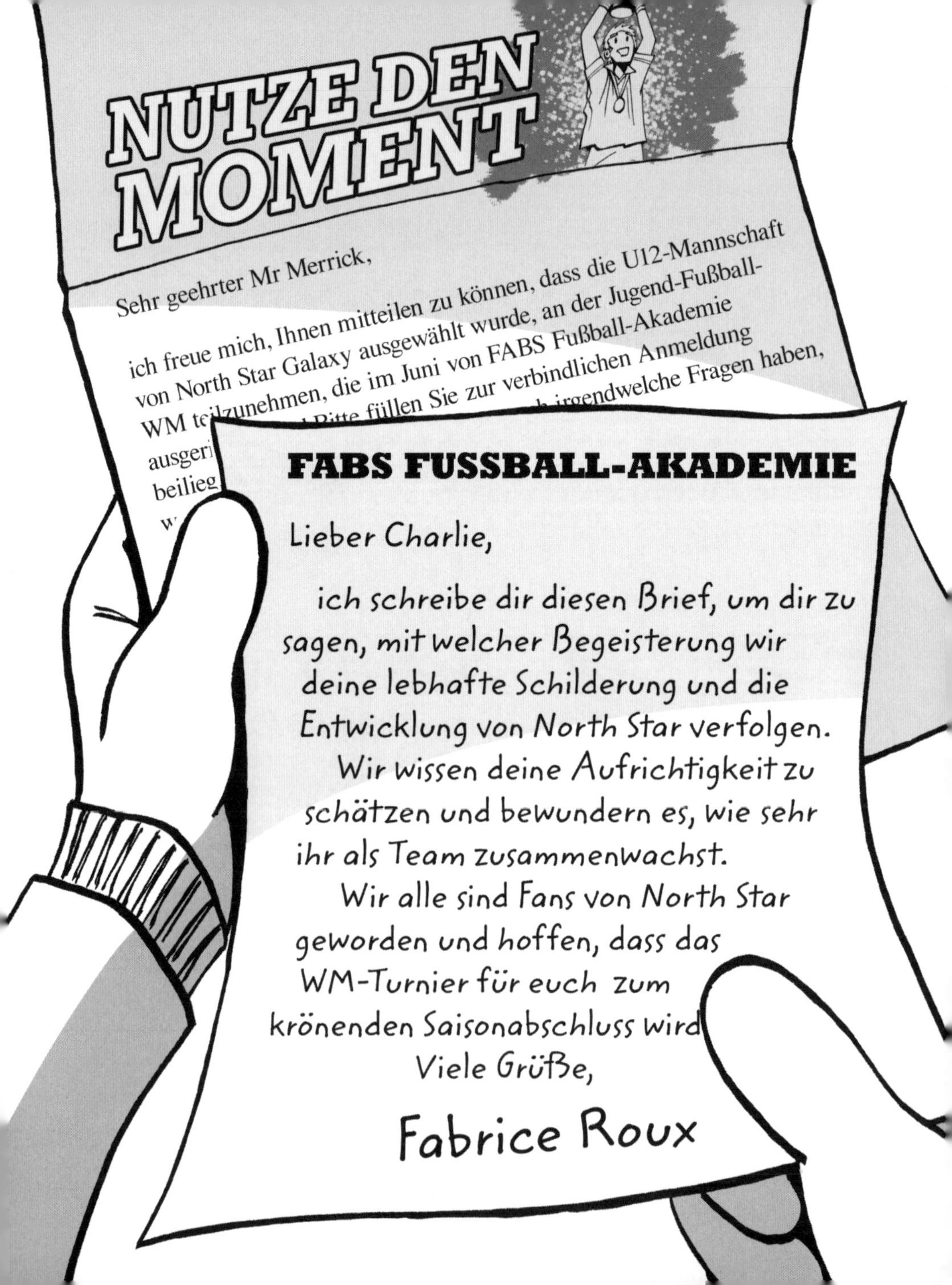
NUTZE DEN MOMENT
Sehr geehrter Mr Merrick,
ich freue mich, Ihnen mitteilen zu können, dass die U12-Mannschaft von North Star Galaxy ausgewählt wurde, an der Jugend-Fußball-WM teilzunehmen, die im Juni von FABS Fußball-Akademie
Bitte füllen Sie zur verbindlichen Anmeldung
irgendwelche Fragen haben,
FABS FUSSBALL-AKADEMIE
Lieber Charlie,
ich schreibe dir diesen Brief, um dir zu sagen, mit welcher Begeisterung wir deine lebhafte Schilderung und die Entwicklung von North Star verfolgen.
Wir wissen deine Aufrichtigkeit zu schätzen und bewundern es, wie sehr ihr als Team zusammenwachst.
Wir alle sind Fans von North Star geworden und hoffen, dass das WM-Turnier für euch zum krönenden Saisonabschluss wird.
Viele Grüße,
Fabrice Roux

Die Teams verließen gerade das Feld, als ich zum Park zurückkehrte.

»Hey!«, rief ich und humpelte den Spielern in Blau und Gelb entgegen.

»Du kommst zu spät, wir haben verloren«, sagte Jas.

»Egal, schaut euch das an!«, entgegnete ich und gab ihr den Brief.

Jasmins Augen wurden riesengroß.

»Was hat er schon wieder angestellt?«, fragte Doug.

»Er hat euch einen Platz bei der WM besorgt!«

Plötzlich drängten sich alle um den Brief. Als sich die Traube wieder auflöste, sah ich, dass Sam seine Sachen zusammenpackte.

Ich ging zu ihm. »Und, freust du dich auf die WM?«

Sam zuckte die Schultern und stieg auf sein Fahrrad. »Wen hast du diesmal bestochen?«

»Was? Ich hab niemanden ...«

»Sam, ich muss dir was erzählen«, sagte Jasmin, aber er strampelte schon davon. »Keine Sorge«, sagte sie, »ich werd mit ihm reden.«

Ich dachte, die Neuigkeit würde meine Mannschaftskameraden zu ihrem ersten Sieg ohne Jack motivieren.

Doch leider suchten sich die Torbay Terriers denselben Tag für ihren unerwarteten Sieg gegen Cedar Street aus, also blieben wir Tabellenvorletzter.

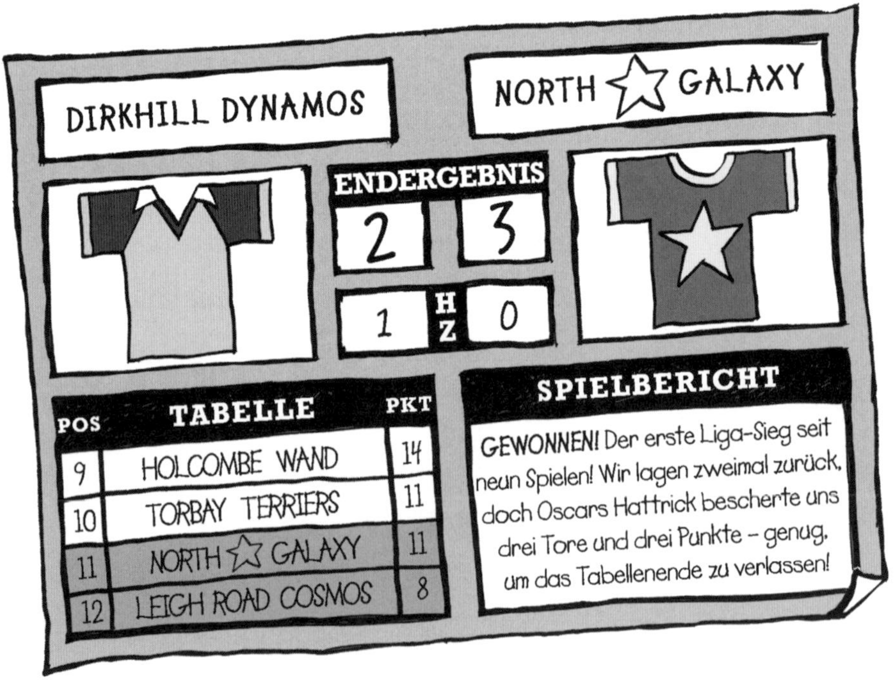

Als ich vier Tage später das gesamte Training absolvierte, sagte Doug, dass ich am Sonntag im Kader sei. Und nicht mal Sam beschwerte sich darüber.

North Star Galaxy
gegen
Shutt Lane Monarchs

Vor einem Spiel bin ich immer nervös, aber an diesem Tag noch mehr als sonst. Seit meinem letzten Einsatz war North Star zu einem richtigen Team zusammengewachsen, und ich wurde das Gefühl nicht los, dass sie mich nicht mehr brauchten.

Als Shutt Lane ein Tor gelang, war ich fast erleichtert. Ich wollte zwar nicht verlieren, aber vielleicht wäre ich doch nicht völlig nutzlos für mein Team.

Eine Minute später glichen wir aus.

Unmittelbar vor der Halbzeit drang Oscar in den gegnerischen Strafraum ein und schob den Ball am Keeper vorbei zur 2:1-Führung ins Netz.

Als Kash zehn Minuten nach Wiederanpfiff vom Feld humpelte, wechselte mich Doug mit der Anweisung ein, mich auf die Abwehrarbeit zu konzentrieren. »Keine wilden Offensivaktionen!«, sagte er.

Ich gab mein Bestes, aber nach einem Monat ohne Spielpraxis stellte ich mich ziemlich ungeschickt an. Ich sah, dass Doug mit Kash redete, und hatte das Gefühl, vielleicht schon bald wieder ausgewechselt zu werden.

Dann landete ein langer Befreiungsschlag von Gerbil genau vor meinen Füßen. Ich hatte nur noch einen Verteidiger vor mir. Was sollte ich tun?

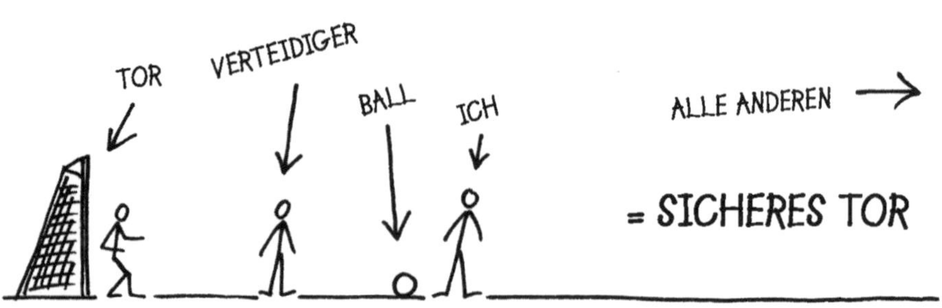

Ich wollte meinen Platz im Team rechtfertigen.

Noch ein Tor und der Sieg war besiegelt. Nur dieser eine Verteidiger ...

Er war klein und schmächtig, sein Trikot hing ihm wie ein Kleid über der Hose. Mit einem schnellen Antritt würde ich mühelos an ihm vorbeikommen.

ODER ...

ich würde mal wieder über die eigenen Füße stolpern und den Monarchs einen leichten Konter ermöglichen.

Ihr könnt euch bestimmt denken, was passiert ist.

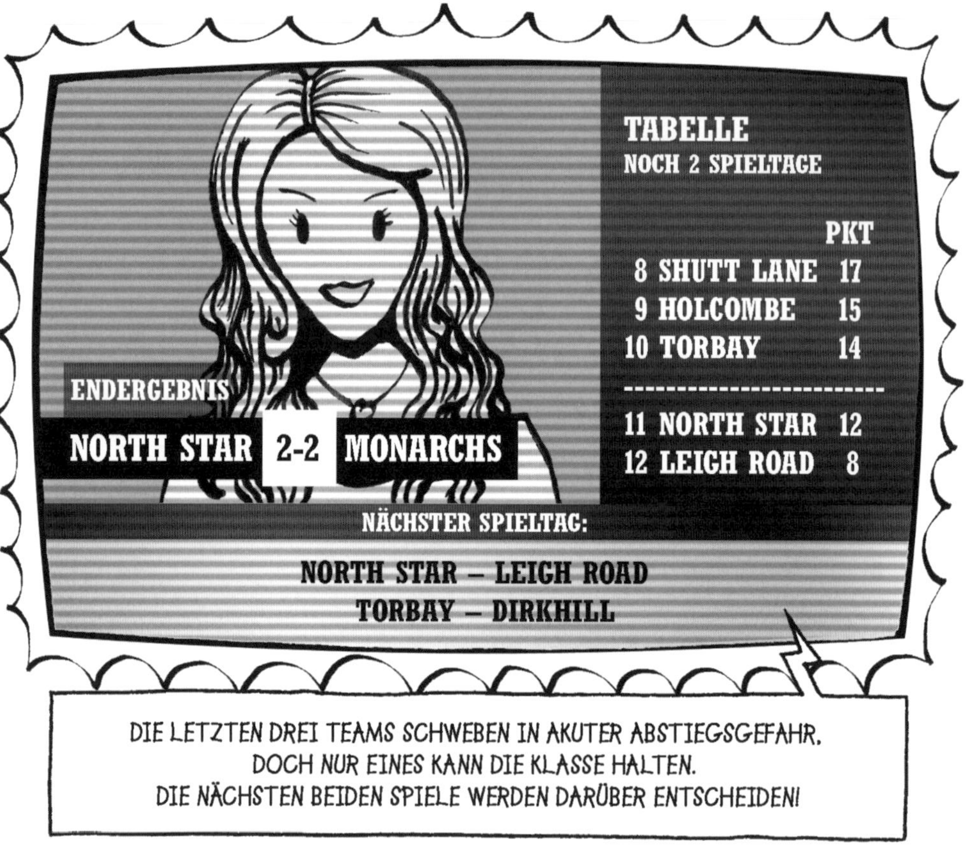

»Gut gemacht, Jungs!«, sagte Doug. »Zwei Spiele ohne Niederlage.«

»Wir hätten gewinnen können, wenn jemand nicht so eigensinnig gewesen wäre«, *murmelte* Sam.

Er hatte recht. Dennoch wehrte ich *mich*: »Oder wenn wir einen halbwegs guten Keeper gehabt hätten.«

Sam stürzte sich auf mich. Fäuste flogen durch die Luft, und wir kugelten über den Boden, ehe Doug und Molly uns auseinanderrissen.

»Das reicht!« Doug zeigte mit einem zitternden Finger auf uns. »Ich warne euch zum letzten Mal! Wenn ihr euch nicht beherrschen könnt, fliegt ihr beide raus. Das gilt auch für die WM!«

Kaum zu glauben, aber wahr!

DIE

GRÖSSTE MASSENSCHLÄGEREI AUF DEM FELD FAND ZWISCHEN DEN PORTUGIESISCHEN MANNSCHAFTEN **SPORTIVO AMELIANO** UND **GENERAL CABALLERO** STATT. MIT EINER ROTEN KARTE FING ALLES AN. ZEHN MINUTEN DANACH FLOGEN **20 SPIELER VOM PLATZ!** DAMIT WAR DAS SPIEL AUCH BEENDET!

Leigh Road Cosmos
gegen
North Star Galaxy

Am nächsten Tag überredete mich Jasmin, mit dem Fahrrad zu Sam zu fahren. Doch als ich zu ihm kam, öffnete er mir nicht die Tür. Solange ich denke konnte, waren wir drei in den Ferien stets zusammen gewesen. Ohne Sam fühlte es sich seltsam an.

Am Mittwochabend rief mich Jasmin an und fragte mich, ob ich nicht zu ihr rüberkommen wolle, was natürlich besser war, als allein rumzuhängen.

★

»Charlie!« Jasmins Mum umarmte mich. »Super, dass du zu unserer Wellness-Party kommst!«

»Wellness-Party?«

»Genau!«, sagte Jas hinter ihr.

»In den Schlafzimmern gibt's Massage, Gesichtsbehandlungen im Badezimmer, Pediküre im Esszimmer und Maniküre im Wohnzimmer.« Sie führte mich den Flur entlang. »Wenn's dir hier nicht gefällt, kannst du dich natürlich auch mit meinem Dad und Sam in der Garage verstecken.«

»Sam?«

»Wie du willst. Bleib hier bei uns Mädels oder rede mit Sam.«

»Das habt ihr doch alles so geplant!«

»Endlich hat er's kapiert!«, rief Jas. »War schon gespannt, wie lange es dauert.«

Wir kamen in die Küche.

Eine blonde Frau strahlte mich an. »Hier werden Männern die Haare und Bärte geschnitten!«

Ich rannte in die Garage.

Sam starrte mich geschockt an, als ich reinkam. Wahrscheinlich hatte Jas auch ihn hierhergelockt.

»Du kommst zur rechten Zeit«, sagte Jasmins Vater grinsend und gab mir ein Queue. »Sam lässt mir nicht die geringste Chance. Ich geh mal in die Küche. Soll ich euch Jungs was mitbringen?«

»Ich glaube, ich sollte jetzt gehen«, sagte Sam und legte sein Queue auf den Billardtisch.

Glaubte Jas wirklich, das würde funktionieren? Aber natürlich wollte ich nicht die WM verpassen, und ich wollte auch nicht, dass Sam sie verpasste.

»Das mit Sonntag ... tut mir leid«, sagte ich.

Sam schwieg.

»Es war meine Schuld. Du bist ein super Torwart. Den Ball hätte niemand gehalten.«

»Ist mir egal, was du denkst«, sagte Sam.

Ich seufzte. »Können wir nicht einfach ... alles vergessen, was gewesen ist, und noch mal ... neu anfangen?«

Sam schnaubte. »Ich soll einfach VERGESSEN, dass mein ANGEBLICH bester Freund mich angelogen hat?

Wenn das dir passiert wäre, dann würdest du das auch nicht so schnell vergeben und vergessen.«

Er ging zur Tür. »Ich hab Doug gesagt, dass wir uns ausgesprochen hätten. Du brauchst dir also keine Sorgen um die WM zu machen. Aber mit unserer Freundschaft ist es vorbei.«

Sam drückte die Klinke runter. »Abgeschlossen!«

»Sicher?« Ich versuchte es selbst. »Ich ruf Jas an«, sagte ich, ehe mir klar wurde, dass ich mein Handy zu Hause vergessen hatte.

Sam ging kopfschüttelnd zurück zum Billardtisch.

»Wollen wir solange ein Spiel machen?«

»Nein«, antwortete Sam.

Fünf Minuten später erschien Jasmins Gesicht an der Tür.

»Ist abgeschlossen!«, rief ich durch die Scheibe.

»Ich weiß! Das war ich!«

»Mach die Tür auf, Jas!«, rief Sam. »Ich will nach Hause!«

Jasmin schüttelte den Kopf. »Ich lass euch erst raus, wenn ihr euch wieder vertragen habt.«

»Ist das dein Ernst?«, rief Sam.

»Absolut!«

»Das ist … Erpressung«, beschwerte ich mich.

»Quatsch! Ich hab mit euren Familien geredet. Die sind alle genervt von eurem Dauerzoff. Sie haben gesagt, dass ihr hierbleiben sollt, bis ihr wieder zur Vernunft kommt.«

»Das kannst du vergessen«, sagte Sam.

»Im Schrank sind Snacks und Getränke, und ihr wisst ja, wo die Toilette ist.«

»Spinnst du jetzt total?«, fragte ich.

»Ihr spinnt, weil ihr keine Freunde mehr seid.« Damit ging Jasmin ins Haus zurück.

20:37

»Glaubst du, die sperren uns hier die ganze Nacht ein?«

»Hinter dem Sofa sind Decken und Schlafsäcke«, sagte Sam. »Außerdem sind ja Ferien.«

Ich riss eine Tüte Chips auf. »Wir warten jetzt eine Stunde und erzählen ihnen dann, wir hätten uns wieder vertragen.«

»Wir bleiben einfach hier«, entgegnete Sam. »Dann werden wir ja sehen, wer zuerst nachgibt. Sie können uns nicht zwingen, wieder Freunde zu sein.«

»Ich mag deine Coolness«, sagte ich.

Sam knurrte.

22:07

Während Sam seinen Frust am Billardtisch ausließ, lud ich Pro Soccer auf der Spielekonsole.

»Hey, weißt du noch, wie wir früher immer die WM durchgespielt haben?«

Sam murmelte was in sich hinein.

»Mit vollen 90-Minuten-Spielen. Wie ging noch mal dieses Spiel aus … Algerien gegen Slowenien … 23:19?«

»23:15!«

»Dann war meine Konsole so überhitzt, dass wir das Spiel nicht beenden konnten.«

Sam warf einen genervten und missmutigen Blick zur Tür. Als ich mich umdrehte, sah ich Jasmin hinter der Scheibe.

»Sag ihr, dass wir ihren Bluff durchschauen!«

»Es wird sich nichts ändern!«, rief ich durch die Scheibe. »Und wenn du uns für den Rest unseres Lebens hier einsperrst …«

Sam drängte sich an mir vorbei und schlug mit der Faust gegen die Tür.

»Jas, ich warne dich! Wenn ich hier die Nacht mit DEM verbringen muss, dann gibt's ein Blutbad!«

Jasmin schüttelte lächelnd den Kopf. »Viel Spaß, ihr beiden, ich geh jetzt ins Bett.«

Sam sah ihr nach und zuckte die Schultern. »Um diese Uhrzeit ...«

»Das, äh, mit dem Blutbad ... das hast du doch nicht ernst gemeint, oder?«

Er antwortete nicht.

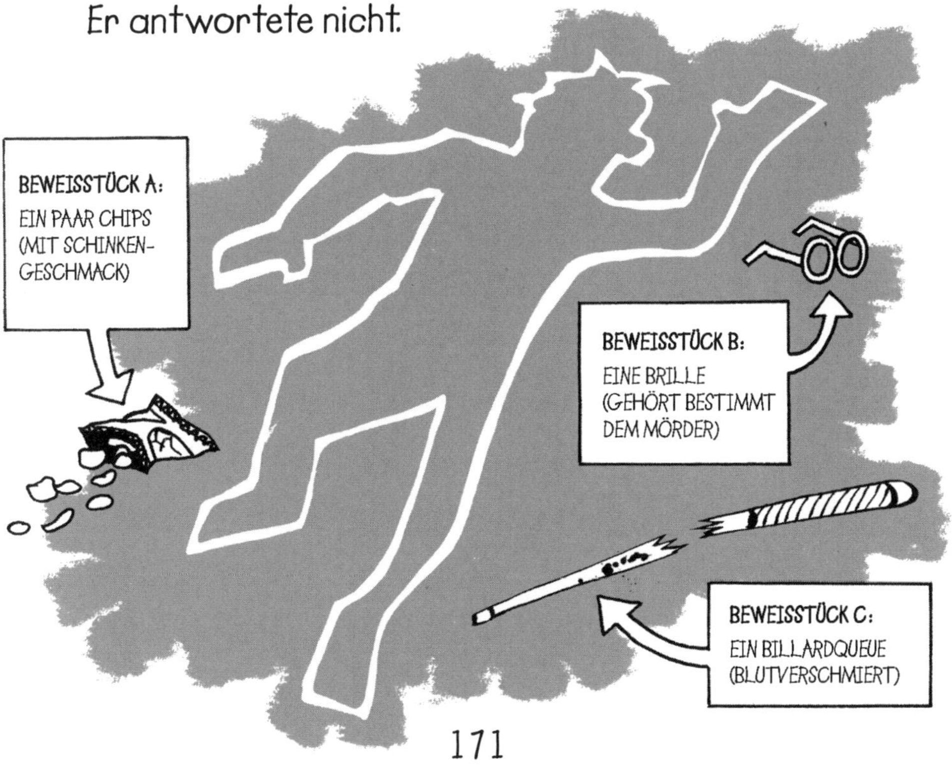

08:19

Am nächsten Morgen kam Jas' Vater mit dem Frühstück. Er setzte sich und erzählte von all den Freunden, die er schon verloren hatte. Sam und ich glotzten uns an, ehe er es aufgab und missmutig den Raum verließ.

»Die Runde ging an uns«, sagte Sam.

Drei Stunden später waren wir immer noch eingesperrt.

»Wir wär's mit einer neuen Runde Pro Soccer? Hätte Lust, dir die nächste Klatsche zu verpassen.«

»Großmaul!«, entgegnete ich.

Er grummelte, doch sah ich den Anflug eines Lächelns auf seinen Lippen.

18:23

Als Jamin schließlich die Tür aufschloss, spielten wir immer noch.

»Ich geb's auf«, sagte sie. »Wenn ihr keine Freunde sein wollt, ist das eure Sache. Ihr könnt gehen.«

»Das Turnier ist noch nicht zu Ende«, erklärte ich. »Wir müssen noch das Finale spielen.«

»Gib uns noch eine halbe Stunde«, fügte Sam hinzu.

Als Jasmin die Tür zuknallte, grinsten wir uns an und machten High five – in diesem Moment zuckte der Blitz einer Kamera.

»Ha!«, rief Jasmin. »Hab ich euch erwischt!«

Doch zum ersten Mal seit langer Zeit machte es mir nicht das Geringste aus, ertappt worden zu sein. Ich fühlte mich großartig.

SPIELBERICHT

LEIGH ROAD COSMOS	NORTH ★ GALAXY

ENDERGEBNIS

LEIGH ROAD COSMOS	NORTH ★ GALAXY
1	1

HALBZEITSTAND

LEIGH ROAD COSMOS	NORTH ★ GALAXY
1	0

POS	TABELLE	PKT
9	HOLCOMBE WAND	16
10	TORBAY TERRIERS	15
11	NORTH ★ GALAXY	13
R	LEIGH ROAD COSMOS	9

	NORTH ★ TEAM
T	SAM
V	MOLE
V	DONUT
V	GERBIL
M	CHARLIE
M	NATHAN
M	KASH
M	OSCAR (Kapitän)
A	MIKO
R	LUKAS

SPIELBERICHT

Mikos später Ausgleich beließ Cosmos am Tabellenende und wahrte unsere Chance. Torbay und Dirkhill spielten Remis, sodass wir die Klasse halten, **wenn wir sie nächste Woche schlagen!**

Torbay Terriers
gegen
North Star Galaxy

Die Torbay Terriers haben vor ihrem Tor zwei Abwehrketten postiert. Als müsse man in einem Wald spielen, dessen Bäume dicht an dicht stehen. Überall himmelblaue Trikots. Ich zählte sie, weil ich sicher war, dass sie zu viele Spieler aufs Feld geschickt hatten.

Direkt nach dem Anpfiff ging ein eisiger Regen nieder und verwandelte den Platz in ein Schlammloch. Eine halbe Stunde lang quälten wir uns ab, ohne auch nur eine einzige Torchance zu haben.

»Wie sollen wir denn treffen, wenn wir nicht mal in

die Nähe des Tores kommen?«, fragte Kash und wischte sich den Matsch von den Stutzen.

»Spielt lange Bälle auf Miko und Oscar«, sagte Doug, »dann werden wir unsere Chance schon kriegen.«

»Na hoffentlich«, sagte Oscar. »Wenn wir absteigen, muss ich für die Colts spielen, aber das wird NIE passieren!«

Mehr Motivation brauchten wir nicht.

Aber das Tor wollte einfach nicht fallen.

Jedes Mal, wenn Oscar und Miko an den Ball kamen, gingen sie in einem Meer von himmelblauen Gegenspielern unter.

Als Gerbil den Ball einwerfen wollte, flüsterte ich Nathan zu: »Wenn du nächstes Mal den Ball kriegst, sprinte ich nach vorne. Warte, so lange du kannst, bis jemand Miko frei stehen lässt, um mich zu decken. Dann langer Ball auf Miko.«

»Und das soll funktionieren?«, fragte Nathan skeptisch.

»Probieren wir's aus.«

Eine Minute später war es so weit.

Leider rochen die Terriers den Braten und ließen Miko nicht frei stehen. Ich war genauso überrascht wie sie, als Nathan den langen Ball auf MICH spielte.

Ohne groß nachzudenken oder in Panik zu geraten, drehte ich mich um und schoss.

Zu meiner Überraschung flog der Ball nicht Richtung Eckfahne, sondern auf das Tor zu. Er krachte gegen den Pfosten und rollte die Torlinie entlang.

Für eine Sekunde waren wir wie erstarrt ... dann stürzten sich plötzlich alle auf den Ball wie ein Rudel ausgehungerter Hunde auf einen Hamburger.

Ich weiß nicht, wer den Ball letztlich über die Linie beförderte, aber eines stand fest: Wir hatten einen TREFFER ERZIELT!

Jetzt warf Torbay alles nach vorne. Doch es dauerte bis zur 53. Minute, bis ein abgefälschter Schuss Donuts Knie traf und Sam auf dem falschen Fuß erwischte.

»Kommt schon, das schaffen wir noch!«, feuerte ich die anderen an. Doch WIE wir es schaffen sollten, wusste ich auch nicht.

Es schüttete noch immer. Beide Teams steckten so tief im Schlamm, dass man die Spieler kaum unterscheiden konnte.

Als wir einen letzten verzweifelten Angriff starteten, rutschte ein Verteidiger aus und Oscar war frei. Der ließ sich nicht zweimal bitten und hob den Ball über den herauslaufenden Keeper ins Netz.

Aber der Jubel blieb mir im Hals stecken.

Oscar und der Keeper waren zusammengeprallt, und jetzt lag Oscar im Dreck, hielt sich das Knie und krümmte sich vor Schmerzen. Als die Erwachsenen auf das Feld stürmten, ahnten wir, dass die Situation ernst war. Nathans Dad und einer der Torbay-Eltern trugen Oscar in die Umkleidekabine.

Dougs scharte uns um sich. »Oscar hat seine Gesundheit riskiert, um das Tor zu machen. Jetzt lasst uns FÜR IHN das Spiel gewinnen!«

★

Als den Terriers eine Ecke zugesprochen wurde, schaute der Schiri schon auf die Uhr. Doug hüpfte an der Seitenlinie auf und ab und zeigte hektisch auf sein Handgelenk.

»Letzte Aktion!«, rief Sam, als wir alle gemeinsam den Strafraum verbarrikadierten.

Doch Torbay spielte eine kurze Ecke. Wir stürmten heraus, um den Ball zu attackieren, als er über uns hinwegsegelte und die Nummer 7 der Terriers fand. Der drosch den Ball volley aufs Tor.

Ich weiß nicht genau, was dann passierte. Niemand hat es gefilmt. Doch irgendwie musste Sam noch die Fingerspitzen an den Ball gebracht und ihn über die Latte gelenkt haben – vermutlich eine der besten Paraden aller Zeiten.

Dann pfiff der Schiri in seine Pfeife.

Wir schrien. Wir tanzten. Wir begruben Sam unter uns. Dann rannten wir zu Oscar, um ihm zu sagen, dass NORTH STAR GERETTET war!

Um Haaresbreite dem Abstieg zu entgehen, dachte ich, macht einen genauso glücklich wie die Meisterschaft! Wer hätte das gedacht?

ABSCHLUSSTABELLE

POS		SP	S	U	N	T	GT	TD	PKT
1	GOLDBRIDGE COLTS	22	22	0	0	153	31	122	66
2	FIVE ACRE	22	15	5	2	87	35	52	50
3	MAYFIELD BOROUGH	22	15	5	2	73	39	34	50
4	CEDAR STREET WASPS	22	13	5	4	88	38	50	44
5	WESTON ROAD MAGPIES	22	8	6	8	66	57	9	30
6	PARKVIEW PIRATES	22	7	6	9	51	63	-12	27
7	DIRKHILL DYNAMOS	22	7	5	10	51	60	-9	26
8	SHUTT LANE MONARCHS	22	4	6	12	35	75	-40	18
9	HOLCOMBE WANDERERS	22	3	8	11	43	77	-34	17
10	NORTH STAR GALAXY	22	4	4	14	28	103	-75	16
11	TORBAY TERRIERS	22	3	6	13	48	84	-36	15
12	LEIGH ROAD COSMOS	22	2	3	17	32	84	-52	9

Herald SPORT
Keeper er-
szeichnung
AUSGERECHNET GEGEN DIE COLTS!
UND DAS OHNE OSKAR!
UND ICH MUSS TRAVIS DIE HAND SCHÜTTELN!
WARUM NUR DIE COLTS?
town Albion wird als
bester Keeper
ichnet. Foto: David Hughes
MIT JACK IM TOR …
völlig überrascht. „Damit
ich niemals gerech-
net“, sagte er. „Ehrlich
gesagt wusste ich nicht mal,
dass es so eine Auszeich-
nung überhaupt gibt. Sie
gehört der gesamten Mann-
schaft, vor allem meinen
UND OHNE OSCAR …
VOR 30.000 ZUSCHAUERN.
DIE MACHEN UNS FERTIG!
von ihm konzipierte
Torwarttraining, das sicher
wesentlich dazu beigetragen
habe, „aus Mike den
Torwart zu machen, der er
allen großen Klubs auf dem
Zettel steht, wird allgemein
eine große Zukunft vorher-
LOK
WM
Foto: Mel Walker
Wollen den Cup:
Die beiden Kapitäne Charli
und Travis Johnson
KOMMT SOGAR LIVE IM FERNSEHEN!
DUEL

LDERBY ALS SPIEL!

Das große Duell der Rivalen

von Tony Fletcher

Goldbridge Colts gegen North Star Galaxy. So lautet die Auslosung für das Eröffnungsspiel der diesjährigen Junioren-WM, die im Rahmen der richtigen WM ausgetragen wird.

Unter Tausenden von Bewerbern wurden 112 Teams ausgewählt, die innerhalb ihrer jeweiligen Altersgruppen in K.-o.-Spielen gegeneinander antreten. Es steht also jetzt schon fest, dass es nur eines der hoffnungsvollen Nachwuchsteams aus unserem Bezirk in die nächste Runde schaffen wird.

Die Spiele finden jeweils unmittelbar vor den Spielen der richtigen WM statt. Für unsere Nachwuchskicker werden es die wichtigsten Partien ihres Lebens sein.

Herald-Reporter Tony Fletcher hat dazu die Kapitäne beider Teams befragt.

„Wir haben North Star in diesem Jahr schon drei Mal besiegt, ich sehe also keine großen Probleme“, erklärte Travis Johnson, Spielführer der Colts. Nachdem seine Mannschaft in diesem Jahr sowohl den Pokal als auch die Meisterschaft gewinnen konnte, sind die Colts voller Selbstbewusstsein.

Das Team von North Star Galaxy hat hingegen eine äußerst schwierige Saison hinter sich und muss zudem auf seinen verletzten Torjäger Oscar Watts verzichten.

Dennoch erklärte Teamkapitän Charlie Merrick: „Wir werden das Spiel für Oscar gewinnen.“

Dass viele ehemalige Galaxy-Spieler inzwischen für die Colts auflaufen, unter anderem Klassekeeper Jack Doyle, verleiht dem Match zusätzliche Brisanz.

Der Herald drückt selbstverständlich beiden Teams gleichermaßen die Daumen.

JUNIOREN-WM-ERÖFFNUNGSSPIEL:

North Star Galaxy
gegen
Goldbridge Colts

Sechs Stunden vor dem Anpfiff des WM-Spiels Frankreich gegen Mexiko sammelten sich die ersten Leute vor dem Stadion. Sie trugen bunte Perücken, hatten sich die Gesichter bemalt und Fahnen um ihre Schultern drapiert. Riesige Werbetafeln erhoben sich über uns, als der Coach auf den Parkplatz rollte. Eine Frau in einem dunkelblauen Kostüm kam zu uns. »Ihr müsst North Star Galaxy sein. Ich heiße Sarah und werde euch heute begleiten.«

Wir folgten ihr durch eine Tür auf einen blau-weißen Gang.

»Die Franzosen und Mexikaner sind in den neuen Kabinen unter der Haupttribüne«, sagte sie. »Diese hier haben wir schon die ganze Saison benutzt.«

Sie führte uns in einen riesigen blauen Raum mit Spinden aus Holz und langen Bänken. In der Mitte stand ein Tisch mit frischem Obst und Energydrinks.

»Wow!« Gerbil stand der Mund offen.

»Das hier ist größer als unser Haus«, sagte Oscar, dessen Krücken über die Fliesen klackten.

Sarah lächelte. »Das ist die Kabine der Heimmannschaft. Sie ist viel größer als die andere, aber das müsst ihr für euch behalten.«

»Dieses eine Mal haben wir den Colts was voraus«, stellte Sam fest.

Ich hängte mein Trikot auf und setzte mich. Mir gegenüber baumelte bereits Sams Glückstrikot mit der Nummer 13 an einem Bügel.

»Das ist nur ein Traum«, sagte ich grinsend. »In einer Minute wachen wir auf.«

Während wir uns umzogen, schrieb Doug die Aufstellung auf das Flipchart.

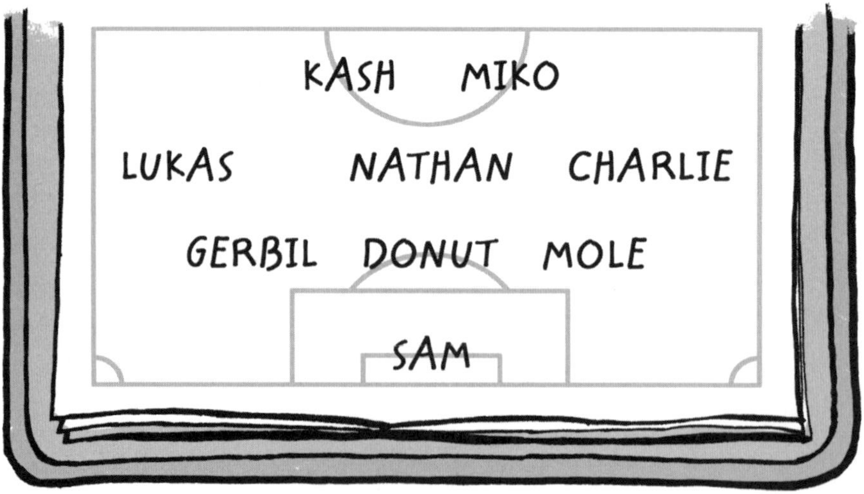

Wenige Minuten später kam der Schiedsrichter herein. Er stellte sich vor und gab Folgendes bekannt: »Fünf Minuten vor Spielbeginn hört ihr ein akustisches Signal, dann müsst ihr euch sofort auf dem Gang aufstellen. Und jetzt viel Spaß, Jungs, bei eurem WM-Spiel.« Er lächelte und verließ den Raum.

»War diese Erinnerung nötig?«, fragte Donut und verschwand auf der Toilette.

Ich musterte die Ansammlung von Pannenkickern und Rumpelfußballern in diesem Raum.

Mole pulte sich ein bisschen Schorf vom Knie; Gerbil grinste wie ein Idiot vor sich hin; Donut (gerade vom Klo zurück) sah blass und ängstlich aus; Lukas mit Kopfhörer und geschlossenen Augen; Nathan ließ seinen Kopf kreisen wie ein Boxer vor dem Kampf; Kash zupfte an seinen Haaren und kaute in Rekordtempo Kaugummi; zwischen Mikos Füßen rollte ein Ball hin und her. Und mein allerbester Freund Sam war die Ruhe selbst, reinigte seine Brillengläser und lächelte mich an.

Als der Buzzer ertönte, zuckte ich zusammen.

»Fünf Minuten, Jungs!«, rief Doug und klatschte in die Hände. »Kommt her!« Er zog einen Zettel aus der Tasche.

»Der hat doch hoffentlich keine Rede geschrieben«, murmelte Sam.

»6:1«, begann er.
»4:0. 5:0. 9:1.«
»Soll uns das helfen?«, fragte Sam.
»11:0. 7:2.«
Doug machte eine Pause. »Der Anfang der Saison war die reinste Katastrophe. Doch jetzt seht euch an. Ihr seid heute mit Recht an diesem Ort, vergesst das nicht! Die Colts haben Meisterschaft und Pokal gewonnen, aber ihr habt so viel mehr erreicht – ihr seid ein TEAM geworden. Ergebnisse …«
Er knüllte den Zettel zusammen und warf ihn sich über die Schulter.

»Es kommt auf das Team an, stimmt's, Charlie?«
»Stimmt!«, sagte ich.

★

Der Gang war ziemlich lang. Sarah hatte gesagt, dass die Kabinen schalldicht seien, doch hier draußen hörte man bereits die Schlachtgesänge der Zuschauer.
»Ich muss aufs Klo«, sagte Donut.
»Nein, musst du nicht«, sagte Doug.
Der Schiedsrichter wartete schon, ebenso die Colts in ihren goldenen Trainingsjacken. Mein Mund fühlte sich an, als wäre er mit Klebstoff gefüllt. Ich hätte niemals gedacht, mal so weiche Knie zu haben. War dies ein Traum oder ein Albtraum, aus dem ich nicht erwachte?
»Alles klar, Jungs?« Ohne eine Antwort abzuwarten, stieß der Schiedsrichter die Flügeltüren auf.
Der Lärm schlug wie eine Welle über uns zusammen. Das Plärren der Tröten und das Dröhnen der Trommeln ließen meine Zähne klappern. Als wir hinausmarschier-

ten, strich eine kühle Brise um meine Beine. Dann hörte die Musik auf und die Stimme des Stadionsprechers schallte aus den Lautsprechern:

»Begrüßen Sie mit mir die U12-Mannschaften GOLDBRIDGE COLTS und NORTH STAR GALAXEEE!«

»Nicht stehen bleiben, Charlie!« Sam stieß mich in den Rücken.

Das Spielfeld kam mir riesengroß und unfassbar grün vor.

»Hier müssen bestimmt keine Hundehaufen entfernt werden«, raunte Gerbil ehrfürchtig.

Ich blickte die Tribüne hoch und sah Tausende erwartungsvolle Gesichter. Zwischen den grünen Sombreros der Mexikaner und den rot-weiß-blau geschminkten Gesichtern der Franzosen sah ich das Kanariengelb der Brasilianer, die hellblau-weißen Streifen der Argentinier, die Fahnen von Südafrika, USA, Deutschland, Nigeria ...

Dann rief der Schiedsrichter Travis und mich zu sich in den Mittelkreis.

Wir gaben uns die Hand. »Kopf oder Zahl?«

»Zahl«, sagte ich.

»Okay, jedenfalls ein Sieg für dich«, sagte Travis.

Dann standen plötzlich Miko und Kash neben mir. Ich schaute mir über die Schulter, Sam hob den Daumen. Ein Pfiff und das Spiel lief …

TATSACHE

EIN ZUSCHAUERREKORD
WURDE BEI DER **WM 1950 IN RIO DE JANEIRO** AUFGESTELLT.
DAMALS SAHEN **200.000 MENSCHEN**, WIE URUGUAY DEN
GASTGEBER BRASILIEN MIT **2:1 BESIEGTE**.
NUR 300 ZUSCHAUER VERFOLGTEN BEI DER
ERSTEN WM 1930 DAS 2:1 DER RUMÄNEN GEGEN PERU –
EIN **MINUSREKORD**, DER BIS HEUTE BESTAND HAT.

DIE SPIELER VON NORTH STAR SCHEINEN IHRE NERVEN NICHT IM GRIFF ZU HABEN!
EIN EINFACHER PASS LANDET SOFORT BEIM GEGENSPIELER.
DIESE SZENE WILL ER LIEBER NICHT IN ZEITLUPE SEHEN!
DAS SAH FÜR MICH NACH EINEM FAIREN ZWEIKAMP AUS.
FOUL!
PFIFF!
AGGHH
1:0
PECH FÜR DEN KEEPER. ZUERST ZEIGT ER EINE GLANZPARADE. DOCH DER NACHSCHUSS IST DRIN!

2:0
FOUL! DAS HÄTTE DER SCHIEDSRICHTER EIGENTLICH SEHEN MÜSSEN!
ENDLICH MAL EIN CHANCE FÜR NORTH STAR.
DOCH DER KEEPER DER COLTS IST ZUR STELLE.
3:0
WAS FÜR EIN GROSSARTIGER SCHUSS!
DIE NIEDERLAGE FÜR NORTH STAR SCHEINT DAMIT BEREITS BESIEGELT ZU SEIN.

»Gut gemacht, Jungs!« Doug teilte Wasserflaschen aus.

»Wir liegen 0:3 hinten.« Donuts Stimme klang dumpf hinter seiner bandagierten Nase.

»Liverpool lag gegen Milan zur Halbzeit auch mit 0:3 zurück und hat irgendwie doch noch gewonnen«, sagte Kash.

»Liverpool war auch nie so schlecht wie wir«, entgegnete Nathan.

»Euch zugucken zu müssen, macht mich echt fertig!« Oscar schwenkte seine Krücke hin und her.

Plötzlich schienen alle großes Interesse an ihren Schuhen zu haben.

»Ihr macht euch vor denen in die Hose«, stellte

Oscar fest. »Dabei sind das nur reiche Schnösel mit Gel in den Haaren. Ihr braucht weder mich noch Jack – weil wir ein TEAM sind!«

»Oscar hat recht«, sagte ich. »Vergesst nicht, dass wir North Star GALAXY heißen! Eine Galaxie besteht nicht nur aus einem Stern, sondern aus Milliarden von Sternen!«

»Also, wer übernimmt Oscars Rolle und haut denen ein paar Dinger rein?«, fragte Sam.

Gute Frage!

Zwei Minuten nach Wiederanpfiff bekamen wir eine Ecke zugesprochen. Jack konnte nur ungenau abwehren, weil Nathan ihn bedrängte.

Der Ball landete vor Donuts Füßen.

Donut schien total überrascht zu sein, dann hielt er einfach drauf.

Wie eine Flipperkugel flitzte der Ball zwischen drei Spielern hin und her, ehe er an dem verdutzten Jack vorbei ins Tor flog.

Donut sah genauso überrascht aus wie die Colts.

★

Die Colts begannen, Fehler zu machen, weil sie es nicht gewohnt waren, unter Druck zu stehen. Nathan fing einen Querpass ab und leitete den Ball sofort zu mir weiter.

Ich lief bis zur Grundlinie und bediente Miko im Strafraum. Der ließ einen Verteidiger aussteigen, tunnelte den nächsten und spitzelte den Ball in die lange Ecke. Eigentlich ein perfekter Schuss, doch Jack fuhr blitzschnell einen Arm aus ...

... lenkte den Ball an den Pfosten ...

... und von dort ins Netz.

Oscar warf an der Seitenlinie die Krücken in die Luft und fiel hin.

Der einzige Nachteil an Toren ist, dass sie den Gegner wütend machen.

In den nächsten fünf Minuten kamen wir nicht aus der eigenen Hälfte raus. Die Weißen schnürten uns regelrecht die Luft ab.

Dann erhielten sie einen *STRAFSTOSS!*

Gerbil beteuerte, es sei eine Schwalbe gewesen, aber der Schiedsrichter ließ sich nicht beirren.

Die große Stadionleinwand zeigte, dass nicht mal mehr fünf Minuten zu spielen waren.

Ich konnte nicht hinsehen.

Als ein Jubelsturm losbrach, öffnete ich die Augen und sah, dass Sam den Elfer pariert hatte.

Die Colts diskutierten noch, als Sam den Ball weit in die gegnerische Hälfte abschlug. Ich war der einzige North-Star-Spieler, der so weit vorne stand. Wenn ich den Ball aufprallen ließ, würden die Gegenspieler mich einholen. Ich musste ihn also direkt nehmen.

Als der Ball wie ein bleicher Meteor vom Himmel fiel, schloss ich die Augen. Sekunden später wurde ich mitten auf den Kopf getroffen und sank zu Boden. Ich war fast blind vor Schmerz.

Dumpfer Jubel drang an mein Ohr. Oder war es das Lachen der 30.000 Zuschauer?

Als ich es wagte, die Augen zu öffnen, sah ich auf dem riesigen Monitor eine Zeitlupe. Ein Junge, der ziemlich genauso aussah wie ich, köpfte den Ball über Jack ins Tor.

ICH HATTE GETROFFEN!

EIN KOPFBALL!

Das war der AUSGLEICH!

UNS FEHLTE NOCH EIN TOR ZUM SIEG!!!

Konnte das sein oder träumte ich? Doch mein Kopfschmerz fühlte sich zu echt an, um Teil eines Traums zu sein.

Kurz darauf erkämpfte sich Gerbil den Ball und passte ihn zu Sam. Unsere 23 sprintete Richtung Eckfahne und schlug den Ball in den Strafraum. Miko tauchte aus einer Traube von weißen Hemden auf und hämmerte den Ball volley aufs Tor. Außer Jack hätte den niemand gehalten.

Als unser Ex-Keeper die Pille aus der Gefahrenzone beförderte, schaute der Schiri auf die Uhr.

DER BALL SENKTE SICH IN UNSEREN STRAFRAUM …

»Das war HAND!« Der Schiedsrichter schüttelte den Kopf. »Der hat ihn mit der Faust reingeboxt!«, schrie Sam völlig außer sich.

Doch der Schiedsrichter drehte sich um und lief zum Mittelkreis. Wir starrten uns fassungslos an.

Sekunden nach dem Wiederanpfiff war das Spiel vorbei.

Um mich herum sanken die Spieler in Blau und Gelb zu Boden und vergruben ihre Gesichter in den Händen.

Doug kam zu uns. Er hatte Tränen in den Augen, doch er lächelte! Sam packte mich am Arm.

»Hörst du das?«

Er zeigte auf die Tribüne. Alle Zuschauer waren aufgestanden und skandierten einen Namen. Doch es war nicht Goldbridge, sondern NORTH STAR!

★

Als Kapitän war es meine Aufgabe, das Team auf das Podest zu führen, damit wir unsere Gedenkmedaillen in Empfang nehmen konnten. Meine Brust war wegen der himmelschreienden Ungerechtigkeit immer noch wie zugeschnürt und die Schlachtrufe der Zuschauer dröhnten in meinen Ohren. Deshalb sah ich ihn erst im letzten Moment.

»FABRICE ROUX!«, krächzte ich.

»Charlie Merrick!« Er gab mir lächelnd die Hand. »Wie schön, dich endlich persönlich kennenzulernen.« Er hängte mir die Medaille um den Hals. »War ein toller Kopfball, vor allem mit geschlossenen Augen!« Er zwinkerte.

Wie in Trance stolperte ich weiter. Doug fasste mich am Arm. »Fabrice Roux hat uns gerade zu seinem Sommercamp in Frankreich eingeladen. Dorthin kommen Teams aus der ganzen Welt.«

»Was?« Ich starrte ihn an. »Und die Colts bestimmt auch.«

»Nein, nur uns.«

Mein Mund öffnete sich, doch der Teil meines Gehirns, der für Sprache zuständig war, stand offenbar unter Schock. Ich applaudierte mechanisch, als die Colts ihre Siegermedaillen abholten.

»In der nächsten Runde fliegen sie raus«, sagte Sam mit verschränkten Armen.

Dann trat Fabrice ans Mikrofon. »Es ist mir eine große Ehre, den heutigen Man-of-the-Match zu küren.« In der Hand hielt er eine kleine goldene Trophäe.

Sam knurrte: »Wenn's Travis ist, dann halt mich zurück.«

»Da es uns heute unmöglich erscheint, einen einzelnen Spieler hervorzuheben, haben wir uns entschieden, eine ganze Mannschaft auszuzeichnen«, fuhr Fabrice fort.

Erneut brandete Applaus auf.

»Eine Mannschaft, die uns heute gezeigt hat, was es bedeutet, ein echtes TEAM zu sein.« Er machte eine Pause. »Und dieses Team heißt ... NORTH STAR GALAXY!«

Frenetischer Jubel.

Wir starrten ihn an.

»Aber wir haben verloren«, sagte Donut.

Fabrice lächelte. »Manchmal verliert das bessere Team«, flüsterte er und hielt uns die Trophäe entgegen.

»Nimm sie schon!«, zischte Sam mir zu.

Der Pokal lag kalt und schwer in meinen Händen. Als ich ihn über den Kopf streckte, sah ich mich auf dem gigantischen Monitor. Erneut schallte der Name unseres Teams durch das ganze Stadion.

Von allen Fotos, die an diesem Tag geschossen wurden, habe ich das hier am liebsten. Ich mag es, weil es uns so zeigt, wie wir sind: Charlie Merricks Pannenkicker – das beste Team der Welt!

Jedenfalls vorläufig ...

NORTH STAR GALAXY

Auch bekannt als:
DIE PANNENKICKER

gegründet:
1985

Erfolge:
2. Liga, Meister 1989
2. Liga, Meister 1992
Pokalsieger 1999
2. Liga, Meister 2010

Die Mannschaft: NORTH STAR GALAXY

Die Mannschaft: NORTH STAR GALAXY

Die Mannschaft: NORTH STAR GALAXY

SPIELER PROFIL

BERUF: Autor/Illustrator (meistens auf dem Dachboden)
POSITION:
Torwart, rechter Verteidiger
SPIELERKARRIERE:
Raunds Tigers U13 (1981-82)
LIEBLINGSTEAM:
Birmingham City

Die Fußballkarriere von Dave Cousins fand ein jähes Ende, als die Tore größer wurden, nur er leider nicht.
Als rechter Verteidiger der U13 konnte er nie das umsetzen, was er sich vorgenommen hatte oder in seinem Comics zu Papier brachte.
Daves erste Publikation wurde im Stadionheft von Birmingham City abgedruckt. Seinen Stadionbericht *The Floodlight Man* las er im Alter von sieben Jahren selbst im Radio vor.
Neben **Charlie Merrick – Lieber peinlich als gar kein Tor** hat Dave zwei Jugendromane geschrieben: *15 Days Without a Head* und *Waiting for Gonzo*, zu dem es einen eigenen Soundtrack gibt.
Weitere Informationen unter **www.davecousins.net**

** SUBBUTEO: Das BESTE Tischfußballspiel aller Zeiten!*
(Subbuteo © Hasbro)

»Eine Galaxie besteht nicht nur aus einem Stern, sondern aus Milliarden von Sternen!«

Danke an …

Vereinspräsident: Liz Cross
Manager: Jasmine Richards
Cheftrainer Clare Whitston
Assistenztrainer: Claire Westwood
Teamcoach: Molly Dallas
Teammanager: Sarah Manson
Torwarttrainer: Jane Cousins
Geschäftsstelle: Dylan Cousins
Chefscouts Ptolemy Spare, Hockley Spare
Fußballexperte Mike Cousins (vielen Dank für all die Bücher und guten Ratschläge!)
Zeugwart: Garrie Fletcher (danke für die Holocombe Wanderers und die vielen gemeinsamen Stunden auf der Terrasse und beim Subbuteo!)
Mannschaftsarzt: Joanna Cannon
Medizinische Abteilung: Harriet Bayly, Charlotte Armstrong, Helen Bray
Verwaltung: Elaine McQuade
Physiotherapie: Louise Brown und ihr Team bei OUP
Spielanalyse: Tracey Turner und Beth Cox
Scouts Ausland: Anne-Marie Hansen, Valentina Fazio, Giuseppe Trapani, Ellena Johnstone und das Lizenz-team bei OUP
Spieltagsbegleitung: Tony and Viv Martin, Steve and Josie Martin, David Hughes, Chris Griffin, Phil Taylor
Die Original Torbay Terriers: Ma 'n' Pa Raven
Flutlicht: Richard De'Ath (danke für die erhellenden Momente, Rich!)

Mein besonderer Dank geht an Oscar Durrant, der es mir erlaubt hat, seinen Namen und seine Fähigkeiten für dieses Buch zu benutzen.

Und natürlich danke ich allen, die mir in all den Jahren gezeigt haben, wie man den Stift richtig führt: Mavis Davies, Pam Cousins, John Hargreaves, Liz Payne sowie all meinen Kunstlehrern – das hier ist eure Schuld!

FANZONE!
mit JASMIN LAWRENCE
HEUTE IN DER FANZONE – EIN INTERVIEW MIT DEM AUTOR UND ILLUSTRATOR DAVE COUSINS.
GIBT ES AUSSER NORTH STAR NOCH ANDERE TEAMS, DIE SIE UNTERSTÜTZEN?
BIRMINGHAM CITY. MEIN EINER OPA IST NEBEN DEM STADION AUFGEWACHSEN UND AUCH MEIN ANDERER WAR EIN TOTALER FAN – MIR BLIEB ALSO NICHTS ANDERES ÜBRIG.
STIMMT ES, DASS CHARLIE DENSELBEN NACHNAMEN HAT WIE EIN BERÜHMTER BIRMINGHAM-KEEPER?
STIMMT. GIL MERRICK. DER STAND FÜR BIRMINGHAM (1939–60) UND ENGLAND (1951–54) IM TOR. SPÄTER WURDE ER TRAINER DER »BLUES« UND FÜHRTE SIE ZUM POKALSIEG!
HIER BIN ICH IM AUSWÄRTS-TRIKOT DER »BLUES« ZU SEHEN.

HAST DU FRÜHER SELBST FÜR EIN TEAM GESPIELT?
JA, EINE SAISON FÜR DIE »RAUNDS TIGERS«. DANN HAB ICH MIT FREUNDEN EIN EIGENES TEAM GEGRÜNDET – PANNENKICKER WIE NORTH STAR.
WELCHE POSITION HAST DU GESPIELT?
ICH WAR EIN ZIEMLICH GUTER KEEPER. DOCH ALS ICH ÄLTER UND DIE TORE GRÖSSER WURDEN, WAR ES DAMIT VORBEI! ALS RECHTER VERTEIDIGER WAR ICH SO WIE GERBIL: VIEL EINSATZ, ABER WENIG KÖNNEN. (SORRY, GERB.)
WEITER

WOLLTEST DU SCHON IMMER AUTOR WERDEN?
NÖ, LIEBER FUSSBALLER … ODER BATMAN.
WANN HAST DU MIT DEM SCHREIBEN ANGEFANGEN?
ZUERST HABE ICH SONGS GESCHRIEBEN, WEIL ICH IN EINER BAND SEIN WOLLTE. DIE HAB ICH ZU HAUSE UNSERER KATZE VORGESPIELT.
WAS WAR DEINE ERSTE GESCHICHTE?
EIN FUSSBALL-COMIC MIT EIGENEN ZEICHNUNGEN ÜBER EIN TEAM NAMENS »DIE KOMETEN«.
A MONTHLY ISSUE
COMIC
FIRST EDITION
STORIES INSIDE…

WAS FÜR BÜCHER MAGST DU?
VERSCHIEDENE – KINDER- UND JUGENDBÜCHER, COMICS, GRAPHIC NOVELS …
to tackle a moving train.
WAS SIND DAS DA FÜR BILDER AUF DEINEM SCHREIBTISCH?
DAS SIND FRÜHE SKIZZEN UND ENTWÜRFE, ZU DENEN MICH COMICZEICHNER WIE BRYAN LEE O'MALLEY ODER SATOSHI KITAMURA INSPIRIERT HABEN. ABER AM ALLERBESTEN FINDE ICH BILL WATTERSON. WENN IHR NOCH NIE EINEN CALVIN-&-HOBBES-COMIC GELESEN HABT, DANN HOLT DAS UNBEDINGT NACH!
WEITER

WIE BIST DU DARAUF GEKOMMEN, DAVE?
ICH WAR DAMALS EIN GROSSER FAN DES FUSSBALLCOMICS »ROY OF THE ROVERS«. LEIDER ERSCHIEN DER NUR ALLE ZWEI WOCHEN.
MIT EIGENEM AUTORENPORTRÄT!
ALSO HABE ICH QUASI DIE LÜCKEN GEFÜLLT.
MONTHLY ISSUE
COMIC
BY DAVE
EDITOR
DAVE COUSINS

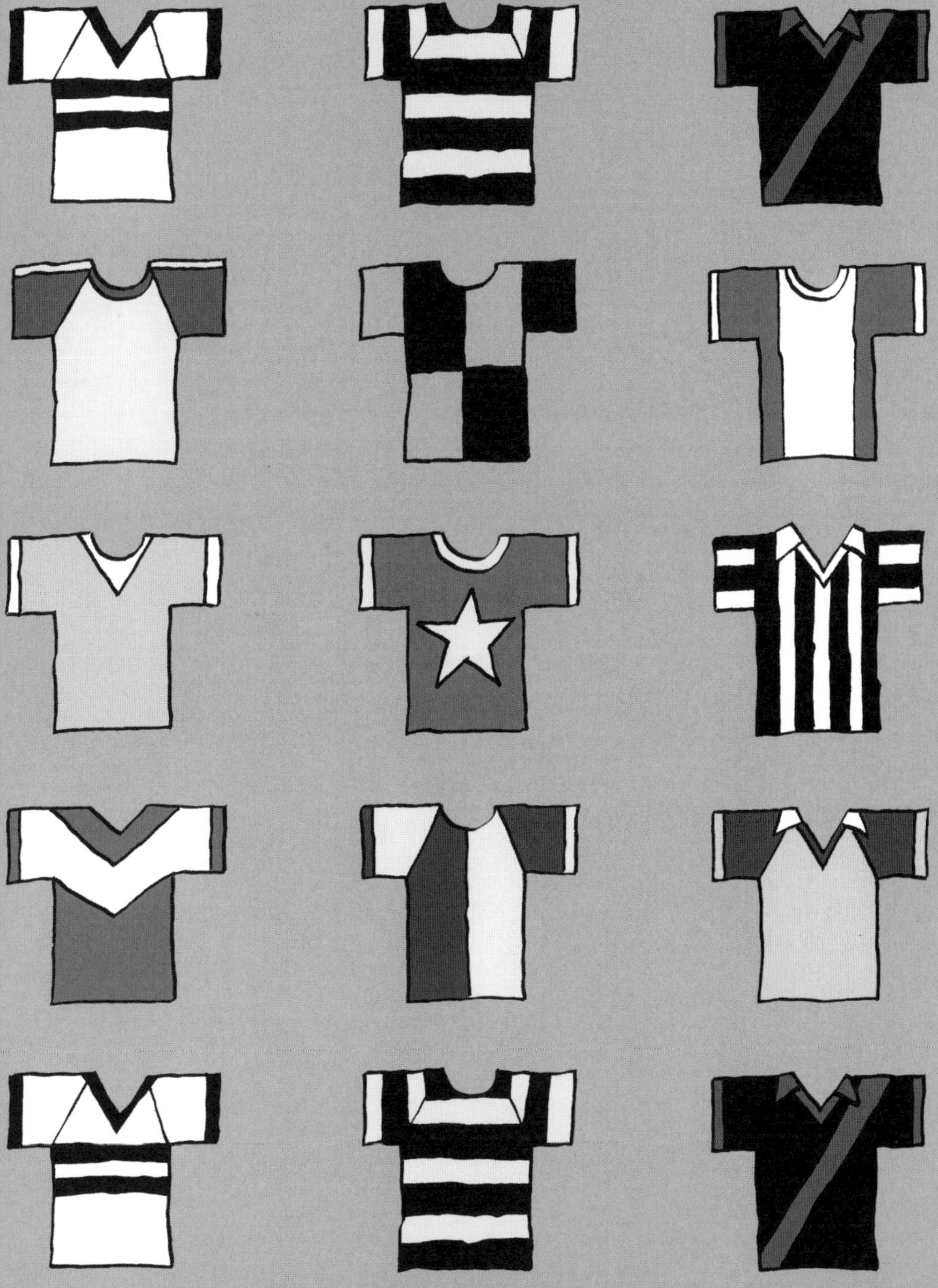

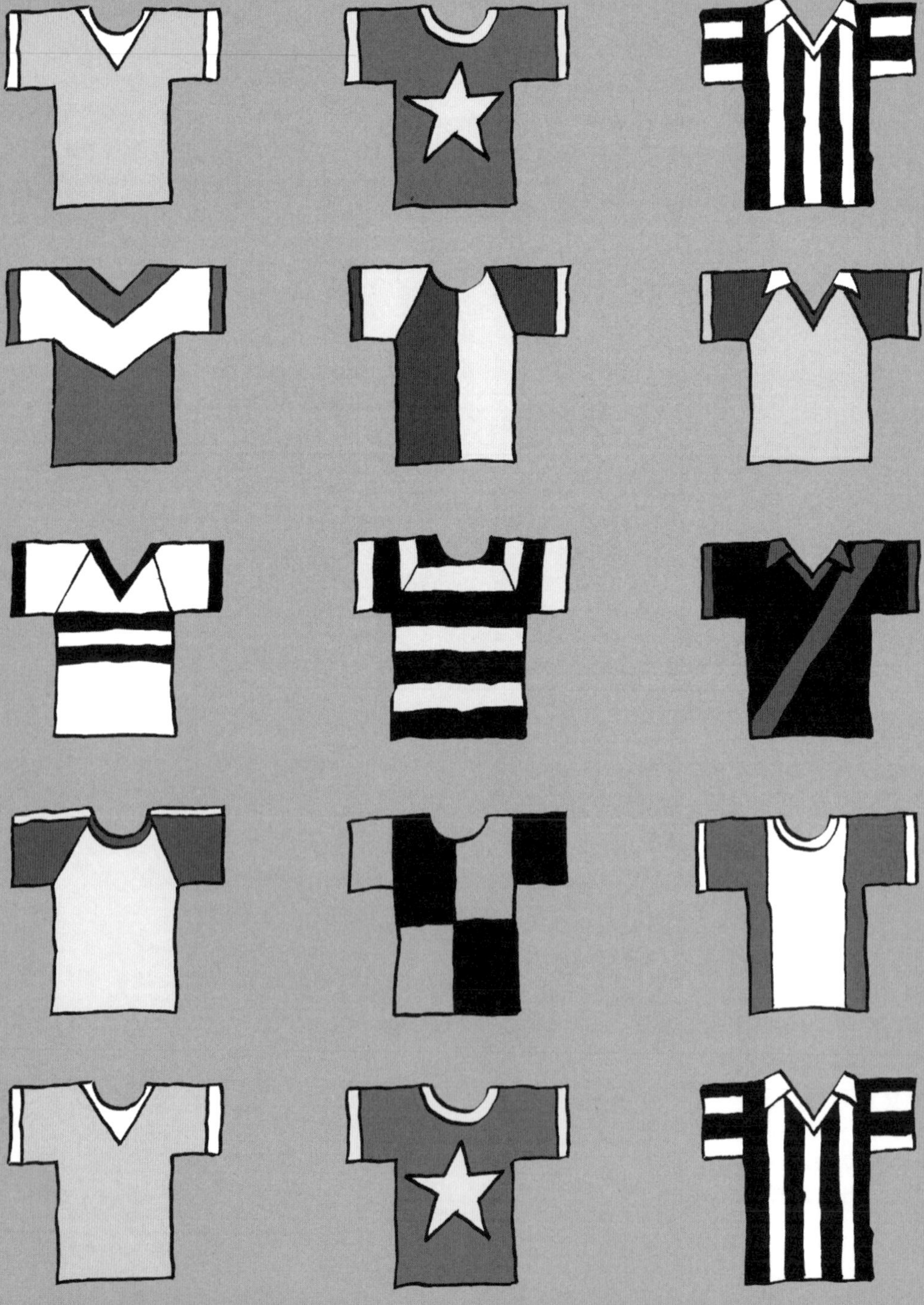